杉山文野［原案］

ヒゲとナプキン

乙武洋匡

目次

装丁　須田杏菜
装画　いくえみ綾

1

便座の上で用を足したイッキは、股間をぬぐったばかりのトイレットペーパーを呆《ぼう》然《ぜん》と見つめていた。

「はあ、やっちまったか……」

視線の先には赤茶色の粘液が付着している。生臭く、そして錆《さ》びた鉄のような匂いが鼻をつく。

「ふう」

イッキはトイレットペーパーを丸めると、忌々《いまいま》しそうに便器の中へと放り投げた。肩をすくめて、もう一度「ふう」と大きくため息をつくと、そう広くもないトイレの中でぐるりと視線を一周させた。ふと、普段は気にもかけたことのない戸棚が目に留まる。神も仏もとうの昔に縁を切ったはずだが、このときばかりは祈るような気持ちで扉を開けた。だが、きれいに整頓された戸棚の中には、トイレットペーパーの替えと掃除用具しか見当たらなかった。

「困ったな……」

イツキはひとりごちると、短く整えられたあごヒゲをひとなでした。何か考えごとをするとき、イツキにはいつもこうする癖があった。

嫌な予感はしていた。先月は休みもろくに取れないほど仕事が忙しくなり、クリニックの予約をキャンセルしてしまっていた。定期的に男性ホルモンを注入するようになり、かれこれ三年になる。ときには今回のように、忙しさにかまけて予約を飛ばしてしまうこともある。それでもしばらく持ちこたえることもあれば、体内の摂理が勝り、自分の肉体が女性であることを突きつけられることもある。朝から下腹部に気だるさを感じていたのは、文字通り〝赤〟信号のサインだった。

イツキは仕方なく新しいトイレットペーパーを右手に巻きつけ、ある程度の束にすると、それを膝下の位置で留まっていたボクサーパンツの股間部分に押し当てた。普段からトランクスを穿《は》かないようにしているのは、こうした緊急事態に備えてのリスクヘッジだった。

便座から腰を浮かせ、そのまま一気に腰の位置まで引き上げる。いつもとは異なる感触に不快感を覚えたが、ほかに応急処置を思いつくでもない。女の証《あかし》が勢いよく流されていく音を耳にしながら、イツキはリビングに戻ってテーブルのスマホに手を伸ばした。

いくつも並ぶアプリの中からLINEを開く。クーポンをGETするために登録した飲食店からの通知をほったらかし、上から三番目にサトカの名を探し出す。

〈ねえ、ナプキンってどこにある？　借りてもいい？〉

ここまで打って、送信ボタンを押す手が止まった。数十秒ほど、じっと画面を見つめてから、イツキは普段めったに使うことのない顔文字の中からペロッと舌を出しているお茶目な表情を選び、短いメッセージに付け足した。道化を演じなければ、閉じ込めていたはずの醜い感情がヘドロのように流れ出てきそうだった。

送信ボタンを押したイツキは再びスマホをテーブルに放り出すと、組んだ両腕を枕代わりにしながらソファに寝転んだ。

「はあ」

三度目となるため息がリビングに消えていく。壁にかかった時計にちらりと目をやると、午後七時を回ったばかり。こんなに早い時間に帰宅できたのはひさしぶりだったが、一時期やたら凝っていた料理をする気にも、どのチャンネルをつけてもそう代わり映えのしないバラエティ番組を眺める気にもなれなかった。

目を閉じると、下腹部の鈍い痛みに意識が集まった。その痛みは決して激しいものではない。だが、自分の体内にはやはり子宮が存在しているのだと思い知らされるには十分なアラートだった。普段は意識することのない体内の一部との対話は、イッキにとって最も苦痛を伴う時間だった。いくらその存在を無視しようとも、しつこく、しつこく話しかけてくる。いくらそっぽを向こうが、どこまでも追いかけてくる。どうしたって逃げきることはできない。自分の体内にある一部、つまり〝自分自身〟と鬼ごっこをしようなどという前提自体が間違っているのかもしれない。

テーブルに置いたスマホが震えた。サトカからの返信だった。

〈ごめん、切らしてるわ。コンビニでも行って買っといて〉

四度目のため息が、虚《むな》しくリビングに吸い込まれていった。

2

部屋着の上にパーカーを羽織りリュックを背負っただけの格好で家を出たイッキは、少し肌寒さを感じて胸の前で腕組みをした。コンバースのスニーカーで固めた足元がやけに重たく感じられるのは、さっきよりも少し痛みが増した子宮のせいだけではなさそうだった。街灯に照らされた自分の影が長く伸びる。「これくらいの背丈があればいいのに」と心の中でつぶやきながら足元の小石を蹴った。一六二センチ。女性にしては平均的だが、男性としてはかなり小柄な部類になってしまう。

自宅から最寄りのコンビニが近づいてきた。イツキは歩くスピードを緩めると、何気ない素振りで店内に視線を注いだ。買い物客がいる様子はない。店内で例のモノを物色する自分に、店員の視線が痛いほど降り注がれる光景が脳内で再生される。イツキは立ち止まることなく、そのまま駅前の商店街に向けて歩を進めた。

コンビニを通り過ぎてしばらくすると、散歩中の犬に激しく吠《ほ》えかかられた。飼い主から何度も頭を下げられる。「いえ、いいんですよ」とにこやかに応対したが、角を曲がったところで、「今日はツイてないや」とつぶやいた。それを言うなら、この人生そのものがツイていないのかもしれない。

ようやく表通りに出た頃には、寒さが体になじんでいた。「どんなつらいことでも人間は次第に慣れていくものなのかもしれないな」などと大げさなことを考えながらパーカーのポケットに手を突っ込んだ。赤く灯《とも》る信号を見上げる。駅前のコンビニまでは、もう数分だ。

この町に越してきて二年になる。大学を卒業後、「女性として」IT企業に就職。人事部で三年間働いた。そこで貯《た》めた資金で乳房を切除。男性ホルモンの投与も開始した。本来与えられるはずだった男性としての容姿をようやく手に入れ、再出発の地として選んだのが、いま勤務している旅行会社だった。決して給料がいいわけではない。だが、昔から好きだった旅を仕事にできていることには一定の満足感があった。

サトカと出会ったのも、その頃だった。親友のジンがバーデンダーを務める新宿二丁目のショットバー。そこで仕事帰りにグラスを傾けていると、同じく常連客として店に通うサトカとちょくちょく顔を合わせるようになった。雑誌やWEBの編集者として働く彼女は、ある企画の取材でこの店を訪れて以来、雰囲気を気に入って通ってくるようになったのだとジンから聞かされた。

何ひとつ飾ろうとせず、ビールグラスを片手にあけすけに自分のことを語るサトカの存在は、物心がついた頃から自分が何者であるかをひた隠しに生きてきたイッキにとってあまりに光量が強く、眩《まぶ》しいほどだった。しかし、その眩しさが憧憬《しょうけい》に、そしていつしか恋心へと変化していくのに、それほど時間はかからなかった。

出会ってしばらくして、イッキはみずからのややこしい境遇を告白した。

「へえ」

サトカはとくに驚くでも、ありふれた同情を振りまくでもなく、ただイッキの言葉を受け止めた。カミングアウトなんて大それた言葉を使うのがバカらしく思えるほど、サトカはそれまでと何ひとつ変わらない眼差《まなざ》しを向けてくれた。

「好きだ」と伝えた。「知ってる」と笑われた。その翌月から、サトカのマンション に転がり込むようにして同居生活が始まった。

気づくとコンビニの前まで来ていた。イツキはあわててデニムの尻ポケットからスマホを取り出し、そのまま右耳に当てた。誰かから着信があったわけではない。誰かに発信しているでもない。無音のスマホを耳に押し当てたまま、イツキはずっと自動扉の前に立った。

「うん、うん。いまコンビニ入った。探してみる。ちょっと待ってて」

店員の「いらっしゃいませ」という声が自分に届くことを遮断するように、イツキは誰とつながっているでもないスマホに話しかけた。

「え、だいたいどのへん？　ああ、文房具とかの、うん、その奥のほう？」

目当ての場所を知らないフリをするという小芝居は、大きな傷を覆い隠すための絆《ばん》創膏《そうこう》のようなものだった。絆創膏ほどのサイズではとても隠しきれるほどの傷ではなかったが、何も貼らないよりは幾分マシだった。

「ああ、あった、あった。これね。いくつかあるけど、どれがいいの？」

誰も答えてなどくれない。答えは自分がよく知っている。

「わかった。このボディフィットというやつね。羽つき？　はいはい」

望んでもいないのに、時折どうしても必要となる厄介な商品をレジに持っていく。安全装置であるスマホは、まだ手放すことができない。

「ほかには何もいらない？　え、アイス？　この陽気じゃ寒いだろ」

家人との会話を装いながらレジカウンターに商品を置くと、イツキはデニムのポケットから財布を取り出した。レジ回りにはカボチャをあしらったハロウィン関連の商品が所狭しと並べられている。

「ただいまハロウィンのキャンペーン中でして……」

「あ、結構です」

店員のマニュアル通りの接客を短い言葉で制すと、イツキは精算の済んだ商品を急いでリュックサックに詰めこんだ。茶色い紙袋で包装してもらえることはわかっていたが、その包みを周囲に見られることにさえ抵抗があった。

「ありがとうございました～」

たいして心がこもっているとも思えない挨拶に見送られながら自動扉の外に出たイツキは、それまで大事に握りしめていたスマホを無造作にデニムのポケットに押し込むと、思わず毒づいた。

「こちとら、もう仮装にはうんざりなんだよ」

3

ソファで微睡《まどろ》んでいたイツキの耳に、リビングのドアが開く音が聞こえてきた。目を開けると、帰宅したばかりのサトカが立っている。肩まで伸ばした髪に、愛嬌《あいきょう》のある丸顔。目尻がキュッと上がった猫目がチャームポイントだ。

「あ、ごめん。起こしちゃった？」

「あ、いや、大丈夫」

イツキはゆっくりと体を起こして、時計に目をやった。もう午後十時を回っていた。

「今日も遅くまで大変だったね」

「うん、ライターさんからの原稿がなかなか届かなくて入稿が遅れちゃって。あの人、腕はいいんだけど、どうにも筆が遅いんだよね」

「そっか。でも、あんま無理すんなよ」

そう言い終わると、リビングにグーッと間の抜けた音が響いた。イツキが腹をさすりながら照れた笑みを浮かべる。

「あれ、夕飯食べてないの？　駅前でたこ焼き買ってきたけど、一緒に食べる？」

そう言うと、サトカは手元に提げていたビニール袋をひょいと持ち上げてみせた。

「お、いいねえ。たこ焼きなんて、ひさしぶりだな」

「だよね。あまりにいい匂いだったから、思わず買ってきちゃった」

サトカはたこ焼きの入った袋とスマホをテーブルの上に無造作に置くと、ジャケットを脱ぎながらクローゼットのある寝室へと向かっていった。

「よいしょっと」

やや裾が広がった黒のスラックスと真っ白なブラウスというシンプルないでたちになったサトカは、リビングに戻ってくるなり、ソファに腰掛けていたイッキのとなりに弾むようにして座り込んだ。まだ寝起きのイッキは、ビニール袋からたこ焼きのパックを取り出したものの、止めてある輪ゴムを外すのにまごついていた。

「もう、いいから貸して」

サトカからひったくるようにしてパックを奪い取られたイッキはバツが悪そうにビニール袋を覗《のぞ》き込むと、底に沈んでいた割り箸を取り出して、サトカの前に置いてやった。

「いっただきまーす」

二人は声を合わせると、まだほのかに湯気が立っている小さな球体にかぶりついた。

「サトカも何も食べてなかったの？」

「ん、ああ、編集部でちょこっとは食べたんだけどね。なんかお腹《なか》すいちゃって」

そう言うと、サトカはテーブルにあったリモコンに手を伸ばした。画面に映し出された女性キャスターが、神妙な顔つきで煽《あお》り運転による死亡事故について伝えている。

「こへ、ひほいよらあ。ろういう気持ちでやっへんらろ」

「もう、口に入れたまましゃべらない。いつも言ってるでしょ」

イツキよりも二歳上のサトカは、恋人でありながら姉のような顔を見せることがあった。サトカ自身が姉のように振る舞っているというよりは、実際にサトカと同じ年齢の姉を持つイツキが、サトカの姉さん女房的な面を引き出しているのかもしれない。

〈続いてのニュースです。民自党・杉山美緒《すぎやまみお》議員による「ＬＧＢＴは生産性がない」といった発言を掲載した『満潮45』に抗議する人々が、発行元である満潮社の前に集まり――〉

サトカはあわててリモコンに手を伸ばすと、「4」「5」「6」と適当にチャンネルボタンを押し続けた。お笑い芸人がひな壇に座るいつもの風景にホッと胸をなでおろしながら、再びリモコンをテーブルに置いた。

「ごめん、なんか……」

口の中からすっかりたこ焼きがなくなっていたイッキの言葉は、必要以上にはっきりとリビングに響いた。サトカは箸を止め、ひょいと顔を上げて、イッキのほうに向き直った。

「ねえ、イッキ」

「ん？」

「あのさ……」

「うん」

お笑い芸人のトボけた発言に、共演者が大げさに笑っている声が聞こえてくる。

「前歯に青のりついてるよ」

「え？」

イッキはあわててスマホに手を伸ばし、カメラ機能を起動して確認しようとした。

「ふふふふ。ウソーン」

「は、ちょっと何だよ、それ。いまの完全に『愛してるよ』とか言ってくれるパターンじゃないの？」

「わあ、『愛してるよ』って、何それ。だっさ。イッキって、やっぱロマンチストだよね」

「うるせえ、うるせえ」

耳たぶを少しだけ赤く染めたイッキは、すっかり冷めてしまったたこ焼きを箸でつまむと、無理やり口にねじ込んだ。たいして噛《か》まずに一気に飲み込んだせいか、のどに詰まってむせ込んだ。

「ちょっと、やだ。大丈夫？」

サトカはイッキの背中をさすりながら、青のりのついた前歯をむき出しにして笑い転げていた。

4

「おい、そろそろメシ行くか」

ハリさんが伸びをするように弛《たる》みきった体を後ろに預けると、キャスター付きの椅子が軋《きし》むような音を上げた。

「今日は何食います？」

ハリさんの言葉に、髪の毛をやや茶色く染めたタクヤはパソコンを打っていた手を止めて振り向いた。

「ひさしぶりに中華でも行くか。あそこの担々麺が恋しくなってきたわ」

「いいっすね。イッキも行くだろ？」

「おお、行く行く」

三人は連れ立って歩き出すと、オフィスから徒歩数分の場所にある、こぢんまりした中華料理店に入った。ハリさんが予告通りに担々麺を注文すると、タクヤはいつもと同じく「俺もそれで」と続く。イッキが麻婆《マーボー》豆腐定食か酢豚定食かで迷っているうちに、タクヤはピッチャーから手早く三人分の水を注いだ。

「あ、じゃあ酢豚定食で……」

イッキがメニューから顔を上げると、店員は厨房《ちゅうぼう》に向かって三人分のオーダーを大声で復唱しながら、せわしなく次のテーブルに向かっていった。

「ヤマモト、この前、おまえが企画したイスラエル旅行、ずいぶん好評だったらしいな」

脂ぎった顔のハリさんから、初めて自分から発案したツアー旅行を褒められ、イッキは胸をなでおろした。ハリさんは温厚で部下の面倒見もいいのだが、なぜかオフィス内では口数が少なく、こうしてランチや飲みの席に付き合わないと本心が見えてこないのが玉に瑕《きず》だった。

「そうなんですよ。初めての試みでどうなるかと思ったのですが、ご参加いただいたお客様からは概《おおむ》ねご好評いただきました」

「よかったな。まあ、俺はイスラエルなんて行こうとも思わないけど。そもそも、イスラエルなんて、どこにそんなに魅力があるんだ」

「主にテルアビブとエルサレムという二都市の観光になるんですけど、この二都市が車で一時間ほどしか離れてないのに対照的なんですよ。かたやカリフォルニアのような開放的な雰囲気でイケイケですし、かたや厳かな宗教都市でユダヤ教、キリスト教、イスラム教と三つの宗教の聖地がありますし……」

「いや、それはプレゼンのときに聞いたけどよ。そんなとこ行きたいと思うもんかね」

ハリさんは昔ながらの旅行業界の人間で、ずっとハワイやフランス、イタリアなど人気観光地を中心としたツアーを組んできた。その戦略でかなりの売り上げを叩《たた》き出してきたという自負があるぶん、自分が知らない土地に対しては懐疑的になる傾向があった。

「でも、まあ結果がすべてだからな。お客様が満足したなら、それでよし。おまえ、バックパッカーとして世界中を回ってたんだろ。だったら、他にもアリだなと思うような国、またプレゼンしてみろ」

「はい、ありがとうございます！」

それまで、ずっと机の下でスマホをいじっていたタクヤは、会話が途切れた瞬間、抜群のタイミングで割り込んできた。

「でも、ハリさんの場合、仕事でハワイとかヨーロッパとか、みんなが行きたいと思うような場所に行っちゃってるわけですよね。その場合、自分が休みのときって、どんなとこ行くんですか？」

「俺か？　俺はまあ、もっぱらマカオかな。ほら、あそこはギャンブルもあるし、ムフフもあるからな」

「ムフフもあるって、ハリさん、完全にオッサン発言じゃないっすか」

「オッサンなんだから、いいだろ。何か文句あるか！」

上司と部下の軽妙なやりとりを、イツキはいつも通り傍観者として楽しんでいた。

「そうだ。ヤマモトは世界一周してみて、どこか面白いムフフスポット見つけたか？」

「ムフフ……スポットですか？　いや、特になかったですねえ」

「ウソつけ、この野郎。年頃の男が世界中を旅して、そういう場所に行かないわけがないだろう。ケチケチせずに教えろよ」

「そ、そうっすよね……。でも、ほら、あの当時はとにかくカネがなかったですから」

そう言って頭をかいた。カネがないのも事実ではあったが、本当の理由は別にあった。性欲がないわけではない。女性と性行為に耽《ふけ》ることには、欲も関心もある。だが、カネで女性のカラダを求めたところで、イツキには設定すべきゴールがなかった。発射すべきものがないイツキにとって、気持ちの通っていない女性と一夜を共にする行為は、みずからの肉体に対する違和感と恨めしさの輪郭をより明確にするだけだったのだ。

「でも、まあ……」

イツキは考えるフリをしながら、世界中の安宿でバックパッカーたちが夜遊び情報を交換し合う場面を思い出していた。拙《つたな》い英語でみずからの複雑な境遇を正しく説明する自信がなかったイツキは、いつも聞きかじった情報をさも自分が経験したかのように披露していた。

「やっぱりオランダの飾り窓とかですかね」

世界中の男たちにさんざん吐《つ》いてきた嘘《うそ》をハリさんの前で数年ぶりに取り出すと、当時の虚しさがくっきりと蘇《よみがえ》った。

ランチを平らげ、三人は中華料理店を後にした。渡りかけた横断歩道の信号が点滅を始めたタイミングで、イツキは「あ、僕、コーヒー買ってきます」と後ずさりして二人を見送った。三人揃《そろ》ってオフィスに戻ることになれば、その流れで一緒にトイレへ行くことになる。個室しか利用できないイツキは、そうした機会はできるかぎり避けるようにしていた。自動販売機で缶コーヒーを買い、店を出たところでプルタブを引いた。毎日のように体内に流し込む液体の苦味は、もはやコーヒー本来の味わいなのかわからなくなっていた。

オフィスに戻ったイツキは、男性用トイレの前まで行ってひと気がないことを確認した。トイレの近くまで来ると、自分の足音が気になってどうしても摺《す》り足気味になってしまうのは昔からの習性だった。他の誰よりも重たく感じてしまうネズミ色の扉を開けて中に入ると、右側には立ち小便をするための〝朝顔〟と呼ばれる便器が並んでいる。

「ふう」

それらを恨めしそうに見つめながら力なくため息をついたイツキは、朝顔とは反対側に並ぶ個室のドアを開けて、冷たくなった便座の上に腰を下ろした。

5

新宿二丁目の雑居ビル。仕事帰りのイッキは階段で三階まで上がると、木製の重たい扉に少しだけ体重を預けるようにして、ぐいと押し開けた。扉に取りつけられたベルがチリンチリンと音を立てる。

「あら、いらっしゃい」

最初に声をかけたのはバーテンダーのジンではなく、客としてカウンターに腰掛けていたジンの母親だった。

「あ、おばさん」

「だから、おばさんじゃなくて『ノブコさん』にしてと、いつも言ってるでしょ」

「あ、すみません……ノブコさんもいらしてたんですね」

ノブコはカウンターの上に置かれたグラスの中身を最後まで飲み干すと、となりの席に置いていたショルダーバッグを手早く肩にかけた。

「うん、だけど、もう帰るわ。男同士……あれ、女同士なのかしら、よくわからないけど、こんなおばさんがいたんじゃ話しづらいこともあるでしょ」

ノブコは自分の席の背もたれに掛けてあった黒のジャケットを羽織ると、金木犀《きんもくせい》の香りを思わせるような香水を漂わせながら扉の前までやってきた。

「じゃあね」

ポンとイッキの肩を叩いて出ていくと、ドアのベルがもう一度、チリンチリンと鳴った。

「ありがとうございましたぁ……って、あいつ、またツケで飲んで帰りやがった」

「相変わらず、イケてるお母さんだよな」

カウンターの内側で苦笑いを浮かべるジンを横目に、イッキはさっきまでノブコが座っていたカウンター席に腰掛けた。ジンは特にオーダーを聞くでもなく、バーボンにアーモンドの香り漂うアマレットを注いでいる。まもなく、イッキが最も好きな映画『ゴッドファーザー』と同じ名を持つカクテルが差し出された。サトカに教えられて以来、イッキは必ずと言っていいほどこのカクテルを飲んでいる。

「まったく、子育てが終わったからって気楽なもんだぜ」

「そうか？　気楽な親子関係もいいもんだと思うけどな」

ほんのりと甘みを感じさせる濃厚な液体がイッキの喉を湿らせる。体内の血のめぐりが、わずかながら速まったように感じられた。

「どうしたよ。なんだか浮かない顔だな」

「うん……そうかな」

「サトカと何かあったか？」

「いや、何もないよ」

イツキは俯《うつむ》きながら、ハリさんやタクヤとの昼食を思い返していた。

（やっぱりオランダの飾り窓とかですかね）

数年ぶりに口を突いて出た嘘が、アルコールがゆっくりと回り始めたイツキの頭の中を荒々しく駆け巡る。

「だったら職場か？」

イツキは頭を左右に振ると、しばらく押し黙った。

職場のせいにはしたくなかった。ハリさんもタクヤも、決して悪い人たちではない。たしかに、いまの職場に居場所を見出《みいだ》せているとは言い難い。だが、自身の境遇を公表していない以上、それは当たり前のことだった。今後もカミングアウトするつもりはないのだから、職場を変えたところで状況が好転するはずもない。結局は、職場に居場所を見出せていないのではなく、この社会そのものに居場所を見出せていないのだという、いつも通りの結論に行き着くしかなかった。

「そんなにウジウジしてんならさあ、とっととカミングアウトしちゃえばいいじゃん」

ジンは自分用につくったハイボールのグラスを傾けながら、イツキにアドバイスともつかない言葉を投げかけた。左右の耳には、十字架を模した小さなピアスが光っている。

ジンは命の恩人だった。幼少期からスカートを穿くことに抵抗を覚え、生理が訪れるたびに己の肉体に対する嫌悪から嘔吐《おうと》を繰り返してきたイツキの手首には、幾筋もの深い傷が残っている。思い悩んだ思春期にすがるような思いで徘徊《はいかい》したインターネット。そこで出会ったのが、ジンが書くブログだった。イツキがまだ〝女子高生〟だったときのことだ。

『ジンのポジティブ日記』と題されたブログには、自分と同じトランスジェンダーという境遇にもかかわらず、本名からひと文字を取って「ジン」と名乗り、十代のうちから周囲にカミングアウトし、親にも友人にも受け入れられて幸せそうに過ごす彼の日常が綴《つづ》られていた。当時、死ぬことばかり考えていたイツキにとって、ジンの存在はにわかには信じられないものだった。それと同時に、その存在は目にしたくないものでもあった。

（なぜ同じ境遇なのに、こいつはこんなにも前向きなのか……）

おのずと相対化してしまい、ただでさえ惨めな自分が、さらに惨めに思えた。だからこそ二度とこのページには近づくまいと心に決めた。しかし、そこから二日が経《た》ち、三日が経つと、気づけば検索ページに「ジンのポジティブ日記」と打ち込んでいた。両親にも友人にも自身の境遇を打ち明けることができていなかったイッキにとって、唯一の理解者になってくれるかもしれないという淡い期待を抱いてのことだった。

メールでコンタクトを取り、そこからジンの住む東京まで会いに行った。短く刈り込んだ髪の毛を栗《くり》色に染め、屈託なく笑う「ジン」は、男なのか女なのか判別がつかなかった。もっと正確に言うならば、そんなことはどうだっていいと思わせるほど、人としての魅力に溢《あふ》れていた。

当時、女子高生だったイッキには、女性として生きていく未来も、かといって男性として生きていく未来も見えていなかった。「男」と「女」しか存在しないと言われるこの社会に、自分のような人間が存在することは許されないのだと思っていた。そんなとき、「男でも女でもない」という宙ぶらりんな性別を隠そうとすることなく、みずからの人生を力強く生きるジンに出会った。「男」にもなれず、「女」でもあれない人生に何の希望も見出すことができずにいたイッキに、「こんな生き方もあるよ」

と第三の未来を提示された気がした。

それ以来、カッターナイフを手首に当てることをしなくなった。自分自身がジンのように振る舞えるかはわからない。もっと言えば、ジンのようになりたいのかもわからない。それでもジンとの出会いによって、イツキは未来を生きる自分にも何らかのカタチを見つけられるかもしれないという可能性をわずかに感じ取ったのだった。

それから十年を超える月日が流れた。イツキは男性として生きる道を選んだ。乳房を切除し、男性ホルモンを投与し、ヒゲをたくわえるようになった。それでも男性になれたとは言えず、いまだに自分なりのカタチを見つけられずにいる。

ジンはあの頃のままだ。男でもなく、女でもない「ジン」というキャラクターを確立させ、周囲からありのままの自分を愛されている。もちろん、本人にもそれなりの苦悩や葛藤《かっとう》があることは知っている。だが、周囲からの視線を気にかけ、不安に怯《おび》えて生きる自分と比べれば、その存在は格段に眩しく見えた。

「とっととカミングアウトしちゃえばいいじゃん」

ジンの言うとおりかもしれない。それができたら、長年抱え続けてきた荷物からようやく解放される気もする。しかし、その先の人生には何が待ち構えているのだろうか。トランスジェンダーという名称が知られるようになったのはここ数年のことだ。

言ってしまえば、世間から見たイッキは〝オナベ〟だった。そんな境遇を公表して、これまでのようにサラリーマンとして働くことができるのだろうか。ジンのように水商売で生計を立てていくしかなくなるのではないか。イツキが思い描く〝カミングアウト後の人生〟には、自分のありたい姿を重ねることができなかった。

「いいんだよ。俺はおまえと違ってフツーに生きたいんだから」

ゴッドファーザーの力を借りて、イツキは語気を強めた。カウンター越しにその言葉を耳にしたジンは、自分の生き方を否定されたように感じたのか、めずらしく棘《とげ》のある言葉を返してきた。

「じゃあさ、いまのおまえはフツーの生活が送れてるって言えるのかよ。おまえの望んでるフツーは、そうやって息を潜めて、ビクビクしながら生きてくことなのか?」

耳を塞《ふさ》ぎたくなるような正論が、イツキの呼吸を荒くする。

「もういい。帰るわ」

イツキは財布から取り出した二千円を叩きつけるようにしてカウンターに置くと、脇に置いていたカバンを手にして扉を開けた。チリンチリンという音色。さらにはジンが無表情のまま、「ありがとうございました」とつぶやく声が背中に聞こえる。

道路に出ると、火照った顔に夜風が冷たく吹きつけた。イツキは短く整えられたあごヒゲをひとなですると、背中を丸めて歩き出した。

6

（おまえの望むフツーとは、息を潜めてビクビクしながら生きてくことなのか？）

ジンに突きつけられた言葉がアルコールに溶け込んで体内を駆け巡る。黒の革靴が冷え切ったアスファルトを踏みしめるたび、苛立《いらだ》ちが音を立てて脳天を直撃した。

「そんなわけねえだろ」

イッキが吐き捨てるようにつぶやくと、路上に佇《たたず》む派手な化粧を施した男性の客引きがぎょっとした顔で振り返った。

息なんて潜めたくない。自由に呼吸がしたい。何かに怯えるような暮らしなどしたくない。だけど、だけど、だけど――。考えれば考えるほど、胸の内にくすぶる苛立ちはジンの言葉に対してではなく、自分を窮屈な牢獄《ろうごく》に押し込めている社会そのものに対するものではないかと気づき、途方に暮れた。

だけど、とイッキは立ち止まった。「社会」とは、いったい誰なのだろう。そいつはどんな下卑《げび》た顔をして、どんな衣装を身にまとい、どんな邪《よこしま》な心で、こっちを向いているのだろう。

（本当はそんなやつ、存在しないんじゃないか……）

絶対に触れてはならない問いが心の内に浮かぶ。イツキは大きく頭を横に振って、また歩き出した。だが、歩いても、歩いても、その問いは消えることがない。ふと視線を上げると、イツキはまた同じ曲がり角に戻ってきていることに気がついた。

帰宅したのは、深夜一時近くだった。三軒のはしご酒ですっかりシャワーを浴びる気力も奪われたイツキは、スーツやワイシャツを脱ぎ捨てると、キッチンでコップ一杯の水を体内に流し込み、そのまま寝室へと向かった。電気が消えたままの暗い部屋でセミダブルのベッドに体を潜り込ませると、布団の中は先客の温《ぬく》もりでほのかに温まっていた。

目が慣れてくると、となりで眠るサトカの寝顔が暗闇の中にぼんやりと浮かび上がってきた。普段はアイラインを強めに引いたメイクを施しているサトカだが、こうして素顔になってみると三十歳を迎えたばかりとは思えないほど愛くるしい顔立ちをしている。

イツキは指先でそっとサトカの前髪をなでると、白く浮かび上がる額に口づけをした。起こしてはいけないと思いながらも、続けて頬に、そして唇へと口づけの場所を移していく。

「ん、おかえり……なんか煙草《たばこ》臭い……それにお酒……んぐ」

目を覚ましたサトカは、鼻をつく酒と煙草の匂いに思わず顔をしかめたが、イツキはその先の言葉を唇で封じ込めた。そして、するりと舌をねじ込ませていく。

目を見開いて驚くサトカ。だが、すぐに目を閉じてイツキを受け入れた。その柔らかで艶《なまめ》かしい感触をしばらく楽しむと、イツキはやがてサトカの着ていたパジャマを強引にたくし上げ、そこに潜んでいた二つの丘をむき出しにした。

「ねえ、ちょっと痛いよ……」

サトカの言葉に、イツキはあれだけ飲んでも最後まで酒場に置いてくることができなかった感情をせめてベッドの上で吐き出そうと、いつも以上に強い力でサトカの体を弄《もてあそ》んでいたことに気づかされた。

「ごめん……」

乳房の頂上にある突起を舌でやさしく弾《はじ》くと、サトカは「あっ」と短い声を上げた。その舌を乳房から腹へと這《は》わせつつ、オレンジ色のパンティの上から指先で秘部をなぞる。

「んんっ」

サトカがくぐもった声を漏らすと、イツキは自分の体を半身だけ起こし、白いTシャツを脱ぎ捨てた。

ようやく上半身が露《あら》わになったイツキの腕をぐいと引き寄せたサトカは、男性としてはずいぶんと華奢《きゃしゃ》な背中に両腕を回した。唇から首筋にかけて何度もキスをすると、もう傷跡さえ見つけることができないイツキの胸板に唇を這わせた。

ここまで何年かかっただろう。乳房を切除するまで、イツキはたとえ交際中のパートナーの前でも裸を晒《さら》すことはできなかった。性行為に及ぶときでさえ、Tシャツを着たままだった。みずからの肉体が〝女性のもの〟であると視覚的に認識されることは、イツキにとって何よりも耐え難い恥辱だった。

サトカと付き合い出したのは、乳房も切除し、ヒゲも生やすようになってからだった。それでも、Tシャツを脱ぐには勇気が必要だった。付き合い出してからもしばらくは着衣のまま性行為を続けていると、サトカに「距離を感じる」と泣かれて、ようやく胸をはだけることを決意した。それでも、いまだにボクサーパンツを脱ぐことはできずにいる。

イツキは湿り気を帯びたオレンジ色の布をサトカの股間から剝《は》ぎ取ると、露わになった部分に顔を埋《うず》めた。そっと舌で触れると、電流が走ったかのようにサトカの体が震えた。トンと舌で突くと、ビクッと体が震える。トンと突くと、ビクッと震える。

イツキは次第にそのペースを速めていく。

目の前の相手が、自分の愛撫《あいぶ》によって快感に打ち震え、ベッドの上で身をよじらせている。みずからに息づく〝男性らしさ〟を最も感じられるこの瞬間が、イツキにとっては何よりも自己陶酔に浸ることのできる時間だった。肉体的な快楽は何ひとつ得られないが、それでもイツキが性的行為に欲求を抱く最大の理由はそこにある。

小刻みに舌を震わせると、サトカはベッドから腰を浮かせて歓《よろこ》びの声を上げた。さらにその振動を細かに、そして激しくすると、サトカの声のボリュームが一段と上がった。湿った溝から、ぬるりと中指を潜り込ませ、舌と同時に小刻みに震わせる。

「ううううあああぁっ」

サトカが雄叫《おたけ》びにも似た声を上げながら腰が砕けたかのようにベッドに崩れ落ちると、しばらく荒く乱れた息遣いだけが薄暗い部屋に響いた。途端に恥ずかしさがこみ上げてきたのか、サトカはあわてて掛け布団を手繰り寄せ、全身を覆い隠す。

「俺、トイレに行ってくるね」

始まりの合図がそうであったように、イツキは愛《いと》しいパートナーの額にもう一度キスすると、ベッドから抜け出して、ひとりトイレへと向かった。便座に腰を下ろし、そっとパンツの中に指を這わせる。そこには悲しいほどに蜜が溢れていた。

7

ＪＲ新宿駅の南口を出ると、正面には完成して間もない高速バスのターミナルビルが目に入った。その奥にそびえる巨大なデパートを見上げながら、スーツ姿のイッキは、「あそこは新宿高島屋なんて名乗っておきながら、住所は渋谷区なんだよな」などと同僚のタクヤが得意げに語っていたトリビアを思い出していた。信号が青に変わる。イッキは人波に紛れて甲州街道を渡ると、代々木方面に歩を進めた。

一軒の雑居ビル。イッキはエレベーターで三階に上がった。

〈高野《たかの》メンタルクリニック〉

白いプラスチック製のプレートに黒い文字という素っ気ない看板が貼りつけられた扉。その横にあるチャイムを押すと、中から「どうぞ」という声が聞こえた。

「失礼しまーす」

イッキが小声で挨拶しながら中に入っていくと、布製の衝立《ついたて》の向こうに無機質な事務机が一台ポツンと置かれている。その前には白衣を着た初老の男性。院長の高野だった。院長と言っても、他にスタッフがいるでもない。新宿と代々木の間にある雑居ビルの片隅で、高野がたった一人で切り盛りする小さな診療所だった。

イツキは高野の前にあるキャスター付きの丸椅子に腰を下ろすと、開口一番、「やっぱり生理になっちゃいました」と頭をかいた。その言葉を聞いた高野は茶色いべっ甲フレームの眼鏡をずらして机上のカルテに目を通すと、「前回が九月の……ああ、そりゃ無理もない」と言って、患者のほうに向き直った。

「じゃあ、先にやっちゃおうか」

「お願いします」

イツキは特に指示を受けるでもなく、診察室の奥に置かれたベッドの前まで行くと、ベルトを外し、ズボンを腰まで下ろした。しばらくカチャカチャと音を立てながら準備していた高野が注射器を手にして戻ってきたのを確認すると、ベッドに上がって四つん這いになり、ボクサーパンツをずらして尻を出した。アルコール消毒のための脱脂綿がひやっと尻たぶを撫でる。

「さっきカルテ見たら前回は右に打ったみたいだから、今日は左ね」

「はい」

イツキの返事を待たずして、左の尻にチクッと針が刺さる。高野の腕がいいのか、イツキが慣れてしまったのかはわからないが、ほとんど痛みを感じることもなく数秒が経過した。

「はい、終了」

高野の声かけにパンツとズボンを元に戻すと、イツキは先に座っていた灰色の丸椅子に再び腰を下ろした。注射器の処理を済ませ、手を洗って戻ってきた高野は、イツキと向かい合うようにして腰を落ち着かせた。

「それで。調子はどうだい？」

ゆったりとした低い声。くたびれたストライプのワイシャツ。白髪混じりの髪がきちんと整えられている様は、これまで一度も見たことがない。

「相変わらずですよ」

ため息混じりの短い言葉で返答を済ませたイツキの頭では、昨晩の記憶が自動再生されていた。ジンに突きつけられた「息を潜める日常」への問い。それを社会のせいだと嘆きながらも、もしかしたら自分が怯《ひる》んでいるだけなのかもしれないという新たな感情が芽生えつつある恐怖。そして、サトカとのもどかしい性行為——。

何から相談したらいいのか。順を追って、ひとつずつ丁寧に解きほぐしていくことが最適だという気もするが、職場にはいつも通り、「外回り行ってきます」と嘘をついて出てきた以上、そう長居するわけにもいかない。

「セックス……みんな、どうしてるんですかね？」

「なんだい、いきなり」

「いや、すみません。その……やっぱり難しくて」

イツキは遠くを見つめるようにして、高野から視線を外した。

男性ホルモンの投与を始めれば、男性になれるものだと信じていた。たしかに声は低くなり、体つきも少しずつ筋肉質になり、ついにはヒゲも生えてくるようになった。背丈にやや難を抱えるものの、見た目だけで判断すれば、イツキはほとんど男性としての肉体を手に入れたと言ってよかった。

しかし、ベッドの上ではどうだろう。彼女の性感帯をやさしく、時には激しく愛撫する。彼女が感じる。絶頂に達する。それは男として、この上ない喜びではあった。だが、それはあくまでも精神的な充足感だった。イツキ自身が肉体的に得られる快楽は、そこにない。

ならば、自分自身そうした肉体的な快楽を欲しているのか。答えはYESであり、NOだった。もちろん、本能は「キモチイイ」を求めている。だが、イツキが肉体的な快楽を得られる唯一の場所は、他ならぬ女性器だった。女性であることを示す溝に指を這わせ、女性であることを示す小突起を指でなぞると、背筋に電流が流れるような快感が走った。それが、何よりおぞましかった。

性的な快楽を満たそうとすればするほど、これまで否定してきたはずの「女性であること」を実感させられる。自分がオンナなのだと突きつけられる。気持ちいいのに、気持ち悪い。求めたいのに、求めたくない。自分でさえ秘部に触れることには大きな嫌悪と葛藤を抱えているのに、愛するパートナーに身を委ね、「女体としての」快楽に耽《ふけ》る姿を晒すことは、生き地獄に等しかった。

サトカは、本当に日々のセックスに満足しているのだろうか。そんな不安も抱えていた。女性にとって、おそらくは最大の快楽である膣《ちつ》への挿入を、イツキは叶《かな》えてやることができない。一度だけ、当時付き合っていた女性にせがまれ、男性器代わりにバイブを挿入したことがあった。だが、それまで自分には見せたことのないような恍《こう》惚《こつ》の表情と叫び声に絶望を覚えて以来、そうした玩具《おもちゃ》に頼ることもできなくなってしまった。

挿入だけではない。セックスとは愛の営みだと言われるが、それは一方的なものでなく、本来は双方向的なものであるはずだ。だが、イツキがパンツを脱ぐことを拒み、決して性器を触らせようとしない以上、二人の行為に双方向性があるとは言い難い。

サトカの好奇心溢れる性格やこれまでの会話から透けて見える男性経験から考えれば、つねに受け身でいることを強いられるイッキとのセックスは、彼女にとってただ愛を確かめ合うという建前を超えるものではないことが容易に想像できた。

「うん、うん」

時折、カルテにメモを取りながら話を聞いていた高野だったが、イッキの話が終わってからも、しばらく目を閉じたまま、じっと押し黙っていた。やがて目を開けると、イッキの面長な顔を見つめながら、穏やかな口調でこう言った。

「時間が解決してくれると、いいよね」

相変わらず、拍子抜けするような答えだった。ジンの紹介で高野のクリニックに通うようになり三年になるが、一度だって具体的なアドバイスや指示のようなものを受けたことがない。いつもこうしてイッキの話に耳を傾けては、「それはつらいね」とだけ口にして、それきり高野も黙ってしまうことがほとんどだった。

当初はそんな高野に物足りなさを覚えていた。だが、その適度な距離感が次第に心地よく感じられるようになった。所詮、自分の苦しみは誰にも理解されることがない。ジンのような同じ境遇を生きてきた者でさえ、わかりあえないこともあるのだ。それを医者だからと言うだけで「ああしろ、こうしろ」と指図されたのでは、きっと反発していたに違いない。穏やかな初老の男と過ごす時間は、イツキにとって男性ホルモンの投与だけでない効果をもたらしていた。

ふと目をやると、高野の事務机に飾られている写真立ての前に、見慣れないチョコレートの箱が置かれていた。

「息子さん、チョコがお好きだったんですか？」

「ああ、うん。そうなんだ。今週で七回忌でね……」

高野の息子は、当時通っていた高校でいじめに遭っていた。想《おも》いを寄せる男子生徒がいたものの、同性相手では受け入れられるはずもないだろうと、ずっと胸に秘めていたという。ところが、ある日の放課後、誰もいないはずの教室でその男子生徒の机に頬ずりしている姿をクラスメイトに目撃されてしまった。カシャというスマホに記録された音が地獄の始まりだった。クラス中に写真を共有され、「ホモ」とからかわれ、担任教師にも冷笑された。不登校になるのに、そう時間はかからなかった。

医師としてエリート街道を歩んできた高野にとって、進学校に通う息子が突如として不登校になったことは青天の霹靂《へきれき》だった。ある晩、息子の部屋を訪れ、何があったのかを問い詰めた。しばらく黙っていたが、やがて自分が同性愛者であること、それが原因でクラスメイトから激しいいじめに遭っていることを涙ながらに告白された。

どちらかと言えば保守的な思想を抱いていた高野にとって、息子がいじめに遭っていたこと以上に、息子が同性愛者であるという事実は受け止めきれないほど大きなものだった。

「医者にでも行って、診てもらってこい」

自分が医者であることも忘れて吐き捨てた言葉が、息子と交わした最後の会話だった。

あくる日の朝、妻の悲鳴で目を覚ました。脱衣所で妻が泣き崩れていた。浴槽には手首から大量の血を流した息子が、力なく横たわっていた。

LGBTという言葉さえ知らなかった六年前。そこからインターネットを徘徊し、文献を読み漁《あさ》り、ひと通りの知識を身につけた。知れば知るほど、息子になんという言葉を向けてしまったのだろうと自責の念に駆られた。

勤めていた大学病院を辞めて新宿に小さなクリニックを開き、四年近くになる。いまではイツキのようなトランスジェンダーだけでなく、同性愛などセクシュアリティに悩みを抱える者にとっての駆け込み寺のような存在として、当事者の間に広く知られるようになった。

写真立ての中では、ニキビ面の青年が、高校の入学式の看板の前ではにかんでいる。

高野は、写真立ての前に置かれたチョコレートの箱をちょんと指で弾いた。

「愚かな男ですよ……」

言葉だけを追えば、息子と自分のどちらを指しているのかわかりにくかった。だが、深く目を閉じたその表情を見れば、答えは明白だった。

これまで何度となく自分の苦しみを緩和してくれた恩人が、いまは自分の目の前で深い悲しみの一端を覗かせている。イッキは声を震わせた。

「だけど、息子さんがいたから、僕とかジンとか、多くの当事者が救われてます。息子さんが僕らを救ってくれて——」

イッキの言葉が終わらないうちに、高野は絞り出すように言った。

「ありがとう……ありがとうね……だけど、あいつはもう戻ってこないんだよね……」

その言葉に込められた絶望に、イッキは言葉を失った。数十秒という沈黙が、とても長く感じられた。

「時間が……解決してくれるといいですよね」

結局、高野がいつもかけてくれる言葉がこの場には最もふさわしい気がした。

8

午後六時を過ぎると、やけに光沢感のあるスーツに身を包んだタクヤが、いそいそとデスクの上の書類を片づけ始めた。その間も、しきりにイッキに視線を送ってくる。しばらくは無視して仕事を続けていたが、ついに不自然な咳払《せきばら》いを始めた同僚に根負けして、イッキもデスク周りを整頓すると、ついにカバンを持って立ち上がった。

「お、二人とも今日はこれで上がりか。飲みにでも行くか？」

奥のデスクから聞こえるハリさんの声に適当な返事をしながら、二人は連れ立って会社を後にした。

「なあ、それで結局、何人来るんだよ……」

「ああ、四対四になったから。俺ら以外の男二人は、国内事業部の吉岡《よしおか》と総務の大越《おおこし》な。二人とも同期なんだよ。おまえ、中途採用だから知らないかもだけど」

タクヤが仕事上でこんなにもリーダーシップを発揮する場面は見たことがない。職場とのあまりに激しいギャップに思わず苦笑いしたが、この後に待ち受ける乾いた時間のことを思うと、とても笑える心境ではなくなった。

「いくら数合わせとはいえ、他にいなかったのかよ。マジで気乗りしないんだけど……」

「頼むよぉ。ここまで来て、それを言うなって。今度メシでもおごるからさ」

「二次会には行かないからな。絶対に一次会だけで帰るから。いいな」

「まあまあ、そこは流れで。とにかく、ほら、相手に不快な思いさせるわけにもいかないからさ、楽しくやろうぜ」

タクヤに連れられるがまま渋谷駅のハチ公口を出て、渋谷センター街を奥へと進んでいく。このセンター街は、若者たちのやんちゃが過ぎたせいであまりにイメージが悪くなり、一時は「バスケットボールストリート」と改名していた。だが、思いのほか定着しなかったために、再び「渋谷センター街」の名前に戻ったはずだが、はたしてそれは何年前のことだったろう――などと考えているうちにタクヤが予約を入れていた店に到着した。

店員とはすっかり顔なじみのようで、何やら二人で談笑している。なぜかイッキにまで「いつもありがとうございます」と威勢のいい声をかける店員に案内され、間接照明の薄暗い個室へ。ほどなく吉岡と大越が、それから五分ほどして二十代半ばと思《おぼ》しき女性四人組が到着した。

「乾杯～!!」

「よろしくお願いしま〜す」

八つのグラスがカチンと打ち鳴らされ、会の始まりを告げる。座席の配置、ドリンクや料理の注文、それぞれの自己紹介など、これで生計を立てていけるのではないかと思うほど見事な手際で、タクヤが見知らぬ男女八人の緊張を解きほぐしていく。これまでも何度かタクヤの宴席に呼ばれているのか、長身の吉岡も、浅黒く日焼けした大越も、タクヤの若手芸人顔負けの話術にさして驚く様子もなく、女性陣たちとの会話を楽しんでいる。

「山本《やまもと》さんは、下のお名前はなんとおっしゃるんですか？」

「あ、イツキです……」

向かい側に座る女性がせっかく気を利かせて話しかけてくれたのに、イツキは何ひとつ会話を膨らませることができなかった。おたがい顔を見合わせて、愛想笑いを交換する。テーブルの向こうではタクヤを中心に盛り上がっているようで、時折、となりの個室まで聞こえるのではないかと思うほどの大きな笑い声が響いていた。

向かいの女性には、あきらかに〝ハズレくじ〟を引かせてしまった。だが、自分だって好きでここに来たわけではない。タクヤに人数が合わないからと懇願されて——などと脳内で必死に言い訳を探していると、そのタクヤから大声で名前を呼ばれた。

「おい、イッキ。この子も水戸《みと》出身だってよ」

振り向くと、少しだけ頬を赤らめた水色のニットを着た女性がこちらを向いて手を振っている。イッキと同じく、茨城県水戸市の出身。タクヤはそれが会話のきっかけになればと話を振ってくれたようだったが、イッキは彼女に向かって軽く会釈するだけで、そのままやり過ごそうとした。だが、彼女も少し酔いが回っていたのか、タクヤに負けない大きな声でイッキに話しかけた。

「ええ、イッキさんも水戸なんですか。なんかうれしい。高校はどこだったんですか？」

「え、あ、俺？　高校？　ああ、高校はもう県外に出ちゃってたから」

咄嗟《とっさ》の嘘に、酔ったタクヤがいらぬ反応をする。

「あれ、おまえ高校も水戸だって言ってたよな。ほら、甲子園《こうしえん》によく出るとこ」

「え、水戸実業ですか？　それ、私の母校です！」

イッキのなかで、自動的にシャットダウンのボタンが押されたのを感じた。すべての思考が停止され、感情が流れ出ないように幾重ものロックがかけられた。ただ、とめどない汗が噴き出していることだけは、かろうじて理解できた。

「ちょっと、なんでつまんない嘘つくんですかぁ。一緒の学校とか、すごくないですか？」

「うん、ああ。ホントだね……」

水戸は、捨てたはずの過去だった。女性として生きることを強いられ、女性として振る舞うことを求められた。誰もが、「山本イッキ」を女性だと認識していた。そうした偽りの人生と決別するために、東京に出てきたはずだった。

女性として生きた水戸。男性として歩み始めた東京。その両者が交わることなど決してあってはならない。誰にも過去を知られることなく、男性として生きていくと決めたのだ。女性だった過去は封印して生きていくと決めたのだ。なぜ、みんなこっちを見ている。なぜ、耳をふさいでくれない。一刻も早く、この場から立ち去らせてくれ——。

イッキの願いもむなしく、水戸の後輩は完全にイッキにロックオンしたようだった。

「え、イッキさんもタクヤさんと同い年ってことは二十八歳ですよね。私は二十五だから、三コ上か。ちょうど入れ違いですね」

イッキは手元にあった水を、音を立ててがぶ飲みした。

「あれ、でも待って。三コ上ってことは、お兄ちゃんと一緒だ。それだったら絶対に知り合いとかかぶってますよね」

今度はおしぼりで額の汗を拭う。

「部活は？　イツキさん、部活とかは何部だったんですか？」

「え、あ、目立たないやつだよ。文化系の」

声が上ずった。タクヤにいじられ、一同から笑いが起きる。

「うちのお兄ちゃん、中川克彦《なかがわかつひこ》っていうんですけど、わかります？　サッカー部でそこそこ目立ってたみたいなんで、同じ学年だったら覚えてるかなと思うんですけど……」

「中川……君？　どうだったかなあ、高校時代のこととか、もうあんま覚えてないなあ」

「ええ、そうなんだ。ウケる。山本イツキさんですよね。帰ったら、お兄ちゃんに聞いてみますね」

兄と妹の間で交わされるだろう会話を想像した。頭の中に、冷たい風が流れ込んできた。気のせいだろうか、どこからか金属を引っ掻《か》くような不快な響きが聞こえてくる気もする。全身に力が入らない。タクヤにあらかじめ伝えていた通り、二次会には行かなかった。

9

木製の扉に取りつけられたベルが、勢いよく音を立てた。

「いらっしゃいま……なんだ、おまえか」

ジンの声も聞こえない様子でイッキはいつもより大股で店内に入ってくると、そのまま無言でカウンター席に腰を下ろした。

「外、そんなに寒いのか？」

カウンターの上で両手を組んだイッキの指先は、かすかに震えている。何も言葉を発しようとしない客を前に、ジンはいつもと同じ〝ゴッドファーザー〟をつくり始めた。

「はいよ」

イッキはジンに差し出されたグラスを口元に引き寄せた。アルコール度数が決して低い酒ではないが、イッキは構わず喉を鳴らす。再びカウンターにグラスが置かれると、琥珀《こはく》色の液体はほとんどなくなっていた。

「おい、だいじょうぶか？　何があったんだよ」

ジンの問いかけに応えることなく、イッキは俯いたまま、ただ一点を見つめている。

ジンは仕方なく、イツキが訪れるまでそうしていたように空のグラスを拭き始めた。

「バレた」

イツキがぽつりとつぶやいた。

「え？」

「地元の、それも同じ高校だったやつに遭遇しちゃったんだよ……」

消え入るような声に、ジンは事態の深刻さを察知した。イツキは、ぽつり、ぽつりとタクヤに連れられて行った飲み会での一部始終を話し始めた。

「そっか」

ジンがかけた言葉は、それだけだった。それでもイツキは少し落ち着いたのか、グラスに残っていたわずかなカクテルを、今度はゆっくりと喉に流し込んだ。

「俺、どうなっちゃうのかな……」

やっとの思いでたどり着いた働き口だった。自分のような境遇をインターネットで調べていた思春期、新宿二丁目のような場所で水商売をしていくしか選択肢がないことに愕然《がくぜん》とした。大学時代、友人たちが次々と家庭教師など割のいいアルバイトを決めていくなか、自分だけが立て続けに面接で落とされて現実を知った。ようやく採用されたファストフード店では女性用の制服を渡され、甲高い声で「いらっしゃいませ」と接客することを求められ、一ヶ月で嫌気が差して退店した。

就職活動はさながら生き地獄だった。中性的な容姿に戸惑う面接官からは「男が好きなの、女が好きなの」とセクハラまがいの質問をさんざん受けた挙句、ほぼすべての企業で不合格。面接室を退出した瞬間、背中から嘲笑《ちょうしょう》が聞こえてくることも一度や二度ではなかった。

新卒で入ったIT企業を退社後、二度目となる就職活動はさらなる困難をきわめた。ヒゲを生やした男性の見た目だが、履歴書は女性。面接官は目を白黒させて絶句するか、「ここ、間違って女性に○をつけてるよ」と誤った指摘をされるかのどちらかだった。四十社以上落ち続けてあきらめかけていた頃、やっと採用通知をもらえたのがいまの旅行会社だった。

この会社においても、事実を知っているのは人事部だけ。型通りに考えればそのはずだが、どこから話が漏れているかわからない。それでも職場にいる間は、頭のてっぺんから足の爪先まで神経を張り巡らせ、性別に疑いを持たれるような場面を避けてきた。入社して半年後には円形脱毛症になるほど細心の注意を払って生きてきた。

そうして築いてきた人間関係なのだ。そうして確保してきた働く場所なのだ。そう簡単に奪われて、たまるものか。

そう叫びたくなる気持ちはあったが、それはあくまでイッキの側から見た景色だった。ハリさんやタクヤなど、職場の仲間からはどう映るだろう。これまで男だと信じて疑わなかった同僚が、じつは女だった。騙《だま》されたと怒るだろうか。もうメシにも誘ってもらえなくなるだろうか。もしかしたら、ひとことも口を利いてくれなくなるかもしれない。さすがにクビになることはないだろうが、少なくとも職場で孤立することは覚悟しておく必要があるかもしれない。

指先の震えが止まらないイッキを前に、ジンはグラスを拭く手を止め、しばらく考え込んだ。

「おまえは、おまえなんじゃないの。何も変わらないよ」

両手で包むように持ったグラスをじっと見つめながら、イッキはつぶやいた。

「うん、そうだな……だと、いいけど」

そう広くはない店に、しばらく静寂が訪れた。店内の壁に貼られたポスターの中では、フレディ・マーキュリーが熱くシャウトしている。ジンはいつの間にか空になっていたグラスを引き取り、二杯目のカクテルをつくり始めた。

「そうだ、あのさ……」

再びイッキの前にゴッドファーザーを差し出すと、いつもは快活なジンがめずらしく口ごもっている。

「何だよ」

「うん、その……子宮取ることになった」

「はっ？」

狭い店内には似つかわしくないボリュームで、イッキが驚きの声を上げた。

「だって、おまえずっと、『俺は男になりたいわけじゃない、ありのままの自分で生きてく』とか言ってたじゃないか」

「うん、そうなんだけどさ、癌《がん》になっちゃって。子宮癌」

「え、あ……ごめん」

思わず身を乗り出していたイッキは癌という言葉に打ちのめされ、力なく背もたれに寄りかかった。

「それで……だいじょうぶなのか？」

「ああ、わりと初期だったから命に別条はないみたい。先生からは切らずに治す方法もありますよと言われたんだけどさ、まあ子宮なんて今後も使うことないだろうし、生理なくなるならそれはそれでラクかなと思って、近いうち手術して摘出してもらうことにした」

「そっか」

イツキはそう短くつぶやくと、バーカウンターに視線を落とした。

日本の法律では戸籍上の性別を変更するために五つの要件が設けられていて、そのうちのひとつに「手術要件」と呼ばれているものがある。手術によってみずからの身体を生殖不能な状態にしなければ、正式に性別を変えることが認められていないのだ。

イツキは戸籍のためにみずからの肉体にメスを入れることには抵抗があった。そのこだわりがサトカを、そして自分自身を苦しめていることはわかっていても、どうしても踏み切れずにいた。

だが、ジンはこれで晴れて戸籍上も男性になることができる。いつもとなりにいたはずの親友が、急にどこか遠くへ行ってしまった気がした。

「それで、長いこと入院するのか？」

「本当は十日間くらいと言われてるんだけど、ずっと店閉めとくわけにもいかないから、先生にはなんとか一週間で退院させてくれって言ってる」

「そっか、お見舞い行くわ。しこたまエロＤＶＤ持って」

「やめろよ、看護師さんに怒られるんだから」

交わされているのは、いつもと変わらぬ他愛ない会話だった。だが、イツキはどこかで二人とも仮面をつけたまま会話をしているような心地の悪さを感じていた。

イツキは、親友が仮面の下に忍ばせている感情に想いを馳《は》せた。いくら初期とは言え、癌という診断を下され、恐れを抱かないはずがない。ならば、なぜ「怖い」と素直に言わないのか。それが、肉体的にも男性になることを切望していたイツキに先駆け、自分だけが子宮を取り除くことになった後ろめたさにも似たジンの優しさであることは容易に想像がついた。

それに対して、自分が仮面の下に隠し持っている感情には反吐《へど》が出そうだった。親友が癌を患ったというのに、イツキは底知れぬ嫉妬《しっと》を抑えきれずにいたのだ。二杯目のゴッドファーザーは、やけに苦く感じられた。

10

目覚ましが鳴っても、ベッドから抜け出すのにいつも以上の時間がかかった。足取り重くリビングまで行くと、もうほとんど身支度を終えたサトカが出勤するところだった。

「昨日はすごく酔ってたみたいだけど、だいじょうぶ?」

梅雨どきの曇り空のような重たい顔つきが前夜の深酒のせいだけでないことは自分でもわかっていたが、サトカに余計な心配をかけたくなかったのと、何より出勤間際の相手に長話をするわけにもいかなかったので、イッキは「ん、ああ……」と曖昧《あいまい》な返事をしてパートナーを送り出した。

本来ならイッキ自身も急いで身支度をしなければならない時刻だったが、イッキはソファに座り込んだまま悠長にスマホをスクロールさせていた。たいして興味のない記事まで長々と目を通してみたものの、その内容は一向に頭に入ってこない。

しばらくすると急なむかつきを感じてトイレに駆け込んだが、特に急いで吐き出すものがあるわけではなさそうだった。しばらく便座に座っていると、不登校になりかけた中学校時代を思い出した。あの頃もよくトイレにこもっては母親に怒られていた。心の不調がすぐに体の不調へとつながることを、イッキは十代の頃から身をもって学んでいた。

なんとか午後から出社したものの、そこで見える景色は昨日までとまるで違うものだった。周囲で交わされている会話は、すべて自分の噂話《うわさばなし》ではないかと疑心暗鬼になった。部署の電話が鳴るたび、地元からの良からぬ連絡ではないかと心臓が飛び出そうになった。ハリさんから「ヤマモト！」と呼ばれるたび、ついに性別がバレたのだと観念した。たった数時間しか滞在しなかった職場を後にすると、イツキはそそくさと地下鉄に乗り込んだ。車窓に映った面長の顔には、スマホを取り出して確認するまでもないほど、くっきりと目の下に隈《くま》ができていた。

土日をまたいで週が変わっても、状況は何も変わらなかった。もう知られているのかもしれない。その上で知らん顔をしてくれているのかもしれない。いや、それともまだ知られていないのかもしれない。同僚の表情や仕草、言葉の端々にまで神経を張り巡らして様子を窺《うかが》っていたが、答えとなるような情報は何も得られないままだった。

「今週もご苦労さんだったな。そろそろ切り上げて飲みにでも行くか！」

ハリさんの声に、イツキは軽い電流が走ったかのようにビクッと背筋を伸ばした。あれから一週間が経っていた。イツキの精神も、そろそろ限界が近づいていた。いっそ飲みの席で自分からカミングアウトしてしまったほうがラクになれるだろうか。いや、そんなことをしたら、これまで隠し通してきた苦労が水の泡になる。どんな返答をすべきか迷っていたところ、タクヤがあっけなく答えを出してしまった。

「お、いいっすね。イツキも行くだろ？」

「おう」

つい、いつもの習性で返事をしてしまった自分が恨めしかった。このタイミングで、

「あ、用事があることをすっかり忘れてました」などと言い出せるような性格だったら、もう少し気楽な人生を送れていたかもしれない。そんなことを考えている間にも、ハリさんとタクヤはこの後、どこに飲みに行くかについて楽しげに話を進めている。自分のすぐそばで交わされている会話なのに、そこにはガラス一枚を隔てているような感覚があった。

ハリさん行きつけの焼鳥屋のボックス席に腰を落ち着かせたのは、それから三十分も経たないうちだった。生ビールが運ばれてきたタイミングで、シーザーサラダとかぼちゃの煮付け、それから串の盛り合わせを注文する。

「はーい、それじゃあお疲れさん！」

ハリさんのかけ声で、三人がガチンとジョッキを打ち鳴らす。仕事を終えた解放感に満ちた肉体に流し込むビールがどれだけ至福の瞬間をもたらしてくれるかをイッキはこの数年で学んだはずだったが、この日ばかりはその感情がアンインストールされてしまっているようだった。目の前の二人が浮かべる満面の笑みを交互に見比べながら、イッキは見よう見まねで笑顔らしき表情を作りあげた。

じきに料理が運ばれてきた。タクヤが三人分のシーザーサラダを取り分ける。ハリさんはよほど待ちきれなかったのか、大皿に箸を伸ばしてかぼちゃを突つき始めている。イッキに食欲などあるはずもなかった。

タクヤが小皿に盛ったサラダをイッキに向かって差し出した。それを受け取ろうと手を伸ばした瞬間、タクヤは驚くほど無邪気な顔で悪魔のようなセリフを言い放った。

「なあ、おまえオンナだったんだってな」

「んどぅっふ」

子どもの頃によく観ていたお笑い番組のワンシーンのように、イッキは勢いよくビールを噴射した。

「きったねえ」

「おい、おまえ何やってるんだよ」

二人から一斉に非難を浴びる。その声が、どこか遠くから聞こえる気がする。吹き出したビールがハリさんのスーツにかかったのだろうか。正面に座るふくよかな上司は、しきりにおしぼりで胸元を拭っている。

謝らなきゃ。声が出ない。

ひとまずジョッキを置こう。体が動かない。

またしてもどこか遠くから、タクヤが店員に新しいおしぼりを頼んでいる声が聞こえる。ハリさんも、タクヤも、店員も、となりのテーブルに陣取る客が動く姿も、すべてがスローモーションのように見える。

そういえば、人は死を迎えるとき、思い出が走馬灯のように駆け巡ると聞いたことがある。いったい自分にはどんな思い出が蘇るのだろう。ああ、自分は死ぬわけではなかった。いや、ある意味、死を迎えるのかもしれない。もう職場にはいられなくなる。この社会にいられなくなる。やっと手に入れたはずの場所なのに。この社会には、やっぱり自分の居場所などないのだろうか——。

「イツキ。おい、イツキってば」

タクヤの声で、ようやく正気に戻った。

「ああ、ごめんなさい……」

それがビールを吹き出してしまったことへの謝罪なのか、これまでずっと戸籍上の性別を隠し続けてきたことへの謝罪なのか、イツキは自分でもよく理解できていなかった。

タクヤが店員の持ってきた新しいおしぼりでテーブルの上を拭きながら、ちらりとイツキに視線を送った。

「イツキ、それにしてもビックリしたぜ」

「ごめん……なさい」

「はっ、何が?」

タクヤはテーブルを拭く手を止めて、食い入るようにイッキの顔を見つめた。

「いや、だから、その……元はオンナだったというか、うーん、気持ちはもともとオトコだったんだけど、でも生まれつきの肉体は女性で……」

イッキが言葉を探していると、ようやくスーツの染みに見切りをつけたハリさんが割り込んできた。

「ほら、あれだろ。いま流行《はや》りのBLTとかいう」

「ハリさん、惜しいっす。それ、サンドウィッチ。正しくは、〝LGBT〟っすよ」

ニュースで聞きかじった言葉を部下に訂正されたハリさんは、手元のジョッキをぐいと持ち上げ、喉を鳴らして照れくささをごまかした。

「それに、あれっすよ。べつに流行ってるわけじゃなくて、いままで知られてなかったことがようやく俺らにも知られるようになったって感じじゃないっすかね。違うの?」

いきなりタクヤから話を振られ、イッキは慌てて返事をした。

「そそそそ、そう。そういう感じ」

もしも平静でいられたなら、LGBTについて、トランスジェンダーについて、二人にきちんと説明することもできたのだろう。だが、ある程度は覚悟していたこととはいえ、想定していた以上に大きな砲撃を受けて転覆寸前のイツキには、タクヤのひとまずの説明に同意を示すことだけで精一杯だった。

「でもさあ、なんかごめんな」

タクヤが発した言葉の意味がわからず、イツキは思わず聞き返した。

「いや、おまえもしんどかっただろ。何というか、察してやれなくて悪かったな」

イツキはそれでもタクヤの意図するところを理解できず、同僚の言葉を反芻《はんすう》した。

ずっと性別を隠していた。その嘘がついにバレた。悪気があったわけではないが、結果的には上司や同僚を裏切り続けてきた。嘘をついてきたのは自分なのだ。その嘘がバレれば、自分は間違いなく罵《ののし》られ、嘲笑され、ともすれば追放されるものだと思っていた。

だが、タクヤは目の前で謝っている。「察してやれなくて悪かった」と言っている。それは覚悟していた状況とはまるで違うものだった。ビールひと口で、そこまで酔うはずもない。イツキは狐《きつね》につままれたような心持ちでタクヤの顔を見つめていた。

いまだにLGBTを正確に理解できていないハリさんが、もどかしそうに切り出した。

「つまり、その……おまえは本当はオンナだけど、これまで通りオトコとして扱うってことでいいんだな？」

イツキとしては「本当はオンナ」という物言いには引っかかりがあったが、これ以上、ハリさんが理解できるとも思えず、ひとまず「これまで通りでお願いします」と返答した。

その言葉を聞いたハリさんは、やけに暑苦しい責任感をにじませて右の拳を振り上げた。

「ようし、それでは本日より、山本イツキをあらためて後輩男子として迎え入れる。おまえは男だ。誰が何と言おうが男だ。なんだかんだ言ってくるやつがいたら、俺がしばき倒してやるからな」

「ハリさんまで……ありがとうございます」

イツキは手にしていた箸をテーブルに置き、両手を合わせて上司に向かって頭を下げた。

「よし、じゃあ、あらためてヤマモトの男子チーム入団を祝して、この後は風俗に行くぞ。おい、ヤマモト。おまえヘルスがいいか、ピンサロがいいか言ってみろ。今日ばかりは俺がおごってやるから」

イツキはちらりとタクヤに視線を送ったが、細身の同僚はニヤニヤするばかりで一向に助け舟を出してくれる気配はない。

「いや、ハリさん。その……お気持ちはうれしいんですけど、僕は……チンコがあるわけではないので、その……そういう場所に行っても出すべきものがないんですよ」

「ん、どういうことだ？　おまえは男になったんじゃないのか？」

少しだけ酔いが回ってきた上司に、これ以上の理解を求めるのはどうにも難しそうだった。ならば、違う手段で目的地を回避するしかない。

「ハリさん、僕、うれしいっす。今日はとことん飲みましょう」

そう言って、手元のジョッキを高々と持ち上げた。三人のジョッキが、再びガチンと打ち鳴らされた。

「すみませーん、生をもう三杯お願いします」

相変わらず気の利くタクヤが店員を呼ぶ。その声が、今度は遠くなどではなく、近くからはっきりと聞こえた。

11

イツキは、一本のロープの上を両手を広げて必死にバランスを取りながら歩いていた。眼下には暗闇が広がる。そろり、そろりと細心の注意を払って足を出す。ひとたび踏み外せば、奈落の底だ。顔は蠟《ろう》でコーティングされているかのように青白く、視線は伏し目がちに左右へ行ったり来たりしている。かすかに震える足が、一歩、また一歩とロープを捕らえていく。

ロープの下に目を転じる。そこには芥川龍之介の『蜘蛛《くも》の糸』で読んだように、おびただしい数の地獄の住人が待ち受けている。ならば、イツキはカンダタか。罪状は何だろう。性別を隠していたことは、殺人や放火にも等しい罪に当たるのか。ひとたびロープから落ちれば、ひとたまりもなく彼らの餌食《えじき》となる。

「あっ」

突如、一陣の風に煽られた。足元からバランスを崩したイツキは空中でクロールのように両手をかいてみせる。しかし、ついにこらえきれず、イツキはロープを踏み外した。

固く目を閉じる。深い暗闇へと吸い込まれていく。このまま奈落の底に叩きつけられ、肉体は散り散りになるのだろうか。ふと、脳裏にサトカの顔が浮かんだ。こちらの心を見透かすような微笑みは、どこかモナリザを思わせた。

覚悟を決めたイツキは、しかし全身を包み込む弾力を感じた。右手をそっと握ってみる。動く。続いて、左手。こちらも無事だ。右足と左足を交互に動かしてみたが、どちらも脳から受けた信号の通りに機能した。

恐る恐る目を開けると、イツキはハンモックのような巨大な網の上にいた。奈落の底だと思っていたその世界は、いつのまにか桜が咲き誇る春のようなやわらかな光に満ちていた。地獄の住人とやらも、いまのところは見当たらない。

サトカはどこだろう。明るさにまだ目が慣れない。イツキは目を細めながら、モナリザの微笑を探した。初めて視線を遠くまでやってみたが、どこにもその姿を見つけることはできなかった。

ギギギギギーッ。電車が軋《きし》む音に、目が覚めた。

「沼袋《ぬまぶくろ》、沼袋――」

聞き慣れた車内アナウンスに慌てて体を起こすと、イツキは妙にリアルだった夢を振り返る間もなく、弾けたポップコーンのように車内からホームへと飛び出した。

いつから眠っていたのだろう。三軒をはしごしたところまでは覚えている。自身の許容量を超えてまで痛飲したのは、ハリさんに風俗のお供にされるのを防ぐためだけではない。ついに新しい世界の扉を開いた、自分自身への祝い酒でもあった。

改札を抜けた。ロープの上でもないのに、足元がおぼつかない。

「縦の糸はあなた～　横の糸は私～」

思わず鼻歌がついて出た。サトカがキッチンでよく口ずさむ、中島みゆきの『糸』。「私たちも、そうであれたらいいよね」と言われてから、イツキにとってもすっかりお気に入りの曲となっていた。

「織りなす布は～　いつか誰かを～」

イツキはいつかナプキンを買ったコンビニを横目に、上機嫌で鼻歌を続けた。

玄関にたどり着いたときには、すでに午前一時を回っていた。サトカを起こさないように、そっと鍵を開ける。できるだけ足音を立てないように廊下を進むと、リビングから灯りが漏れている。

「あれ、サトカ？」

リビングへと続く扉を開けると、ソファではサトカが寝息を立てていた。イツキを待っている間にそのまま眠ってしまったのだろうか。イツキは息を潜めて近づくと、その寝顔を上から覗き込んだ。探し求めていたモナリザの口は半開きだったが、それはそれで愛おしかった。イツキは酒臭い顔をサトカの頭上まで持ってくると、その額にそっと唇を押し当てた。

ブブッ。

その瞬間、ローテーブルの上に置いてあったサトカのスマホが震えた。イツキは無意識に視線を向けた。誰かからメッセージが入ったようだ。

［アッシ］今日はありがとう。もう会いたい。

画面に表示されたメッセージに、目が釘《くぎ》づけとなった。

「もう会いたい」

「もう会いたい」

「もう会いたい」

どういうことだ。アッシって誰だ。今日はサトカも同僚と飲みに行くと言っていたはずだ。頭の中にいくつもの疑問が浮かぶ。ただでさえアルコールによって高まっている心拍数が、ぐんぐんと上がっていく。

イツキは一度、目を閉じた。このまま見なかったことにするのが大人の作法に違いない。恋人のスマホなど見ても、いいことなどあるはずがない。たまたまバーで会った男に口説かれただけだ。相手があまりにしつこかったため、仕方なくLINEを教えたのだ――瞬時にこしらえた仮想ストーリーは、しかし「もう会いたい」の破壊力には敵《かな》わなかった。

イツキは「三回だけ」と心に決めた。サトカのスマホを手に取ってホームボタンを押すと、パスコードを入力する画面が表示された。

「19885９」

素直にサトカの生年月日を打ち込んでみたが、画面には「やり直し」の文字。さすがに、こんな簡単なパスコードにするはずがない。後悔したが、あとの祭り。残り二回。

「310310」

サト（310）、サト（310）とニックネームから語呂合わせをしてみたが、これもあえなく撃沈に終わった。残り一回。

もう、やめてしまおうかとも思った。そのほうがラクになれるのではないかとも思った。だが、ここで事実にフタをして、明日から何事もなかったかのように振る舞える自信がなかった。いったいどんな顔でサトカと接したらいいのかわからなかった。

酔った頭を、大きく左右に振ってみる。これまでの会話に何かヒントはなかっただろうか。一緒にスパイ映画を観たとき、何かパスワードについての会話を交わさなかっただろうか。必死に記憶をたどってサトカと過ごした時間を思い返してみたものの、特に手がかりとなるような情報を思い出すことはできなかった。

あきらめてスマホをテーブルに置く。しばらく放心状態でいると、ついさっきまで駅で口ずさんでいた鼻歌が頭の中でリフレインした。

「縦の糸はあなた〜　横の糸は私〜」

イツキは眉間《みけん》に深いしわを寄せて、サトカのスマホをもう一度手に取った。

「縦の糸はあなた〜」

イツキの誕生日である「十一月十六日」を入力した。

「横の糸は私〜」

サトカの誕生日である「五月九日」を入力した。

「111659」

二人の誕生日を組み合わせた六桁の数字は、はたしてパンドラの匣《はこ》を開けてしまった。

パスコードが解除されると、画面には最後に表示していた内容が映し出される。それは、アツシとのトーク履歴だった。

〈少しでも笑顔が見れてよかったよ〉

〈俺でよければ、すぐに飛んでいくから〉

〈あ、帰り際に探してたピアス、見つかった？〉

そこには、とてもバーで口説かれただけとは思えない親密さを示すアッシからのメッセージが並んでいた。ピアスはどこでなくしたのだろう。このアッシという男と飲んでいるときだろうか。それとも飲んだ後に――。

イツキは何度も、何度も画面を上へとスクロールさせた。ふと、一ヶ月ほど前のある会話が目に止まった。

［アッシ］ごめん、ずいぶん遅くなっちゃったけど大丈夫だった？

［サトカ］うん、大丈夫。今日もありがと。

［アッシ］メシ食わないままだったから、腹減っただろ。

［サトカ］これから駅前でたこ焼きでも買って帰るよ。

イツキは慌てて自分のスマホを取り出し、カレンダーを開いた。二人が会話を交わしている日をもう一度、確認する。それは、イツキの下半身からだらりと忌まわしい血が流れ出した夜だった。

「奈落の、底だよ……」

イツキは二つのスマホを手にして、力なくつぶやいた。

12

イツキは二つのスマホを握りしめたまま、冷たくなったフローリングの床にしゃがみ込んだ。あれだけ全身を駆け巡っていたはずのアルコールは、すっかり抜けきっていた。

カタン。

手元から滑り落ちたスマホが床を叩く。思ったよりも大きな音に思わず背筋を伸ばしたイツキは、サトカが起きてしまわないかと慌ててソファの上に視線を向けた。先ほどまで半開きだった口は、いつの間にか閉じられている。まるで微笑《ほほえ》みを浮かべているかのような穏やかな寝顔は、間違いなくいつものサトカであるはずなのに、どこかサトカではない別人のようにも見えた。

イツキは背中を丸め、両膝を抱え込んだ。体育座りなど何年ぶりにしただろうか。そういえば、この体育座りを関西では「三角座り」と呼ぶらしいとか、愛知や福岡では「体操座り」と呼ぶらしいとか、この上なくどうでもいい情報がこんなタイミングで頭に浮かんでくることに、イツキは自分でも可笑《おか》しくなって思わず笑みをこぼした。なのに、頬は濡《ぬ》れていた。人差し指でそれを拭う。イツキは濡れた指先をじっと見つめていた。これはどういう涙なのだろう。悲しいのか。悔しいのか。いや、怖いのだ。これまでずっと一人で生きてきた。ジンとの出会いによって少しは孤独から解放されたものの、サトカと出会い、サトカと暮らし、サトカと愛しあうことで、ようやくこの社会に自分の居場所を見つけることができた気がしていた。初めて誰かに必要とされ、初めてこの社会に生きていてもいいのだと感じることができた。

そのサトカが虚像だったとなれば、すべてが覆される。自分を必要としてくれる人など誰もいない。自分を愛してくれる人など誰もいない。やはり、この社会には自分の居場所など存在しないのだろうか。

また深い孤独へと引き戻される恐怖に、イツキの体は打ち震えた。両腕で抱えたスーツの膝部分に、ぽとり、ぽとりと雫《しずく》が落ちては黒い染みをつくる。いつしかイツキは子どものように声をあげて泣いていた。

「どうしたの?」

ふと耳に届いたサトカの声に、イツキはゆっくりと顔を上げた。そこにはソファから身を起こしたサトカの顔があった。泣きはらした顔と寝ぼけ眼《まなこ》が、たがいに見つめあう。

詮索するのはやめておこう。

何も見なかったことにしよう。

何も聞かないようにしよう。

それが結局は自分を守ることになるのだと言い聞かせた。だが、勝手に口が動き出す。

「アッシって誰?」

「えっ」

「ごめん、見ちゃった……。アッシって誰?」

サトカは一瞬にして真顔になった。右手でおもむろに前髪をかきあげる。特に狼狽《ろうばい》した様子を見せることもなく、ただ黙ってイッキの顔を見つめている。

サトカの言葉をひたすら待った。だが、彼女は口を開こうとしない。このまま夜が明けてしまうのではないかと思うほど長い静寂が、冷蔵庫のように冷えきったリビングを包んでいた。

「俺に隠れて、何をコソコソやってんだよ」

喉元まで出かかった言葉を何度も呑《の》み込んだ。それをぶつけたら、すべてが砕け散る気がしていた。まだ裏切られたと決まったわけではない。いまにもサトカが「なあに誤解してんのよ！」と笑顔で否定してくれるかもしれない。そうだよ。そうに決まってる。ねえ、サトカ。早く誤解を解いてよ。頼むから嘘だと言ってよ。

「ごめん……」

サトカの口から、いちばん聞きたくない言葉がこぼれ出た。突如として視界がブラックアウトして何も見えなくなる。指先まで冷えきったイツキの体は、小刻みに震えている。

二度目の沈黙が訪れた。深夜のリビングに、イツキの乱れた息遣いだけがかすかに響いている。

ようやく覚悟を決めたイツキは、スマホの会話を覗き見してしまったときから、ずっと心の中で堰《せ》き止めていた疑問をサトカにぶつけようとした。

「なんで……」

目を開いてサトカに視線を向けると、その頬には涙が伝っていた。

「えっ、なんで……」

最初に聞こうとした「なんで」を、たったいま感じた「なんで」が追い抜いて口を突く。

「サトカ、なんで泣いてるの？」

「私さあ……もう三十だよ」

「うん」

「私との未来、どう考えてるの？」

「えっ」

「あなたとの未来、どう考えたらいいの？」

そう言い終わると、サトカは声を上げて泣きじゃくった。イツキは目の前で何が起こっているのかをすぐには理解できずにいたが、反射的にソファの上にうずくまるサトカに歩み寄ると、その体を抱きしめていた。腕の中でサトカの体温を感じながら、イツキは彼女の言葉に耳を傾けた。

「私だってさ、イツキが好きだよ……ずっと一緒にいたいよ。でもさ、同級生とかどんどん結婚してって。子どもが産まれたとか幸せそうな写真、Facebookとかでもちょくちょく見かけるようになって」

「うん」

「そういうの、ホントなら『おめでとう』って言ってあげたいじゃん。いや、言うよ。もちろん、言うよ。でも、心から言えてないの。心は泣いてるの。なんで私だけ、って。なんで私にはフツーの幸せが許されないの、って」

「うん……ごめん」

「謝らないで。イツキは何も悪くないから。イツキだって、選んでこのカラダに生まれてきたわけじゃない。わかってるよ、そんなこと。その上で私はイツキを選んだの。全部わかってる」

「うん……」

泣きじゃくるサトカの頭をやさしくなでながら、イツキは強く下唇を噛み締めていた。

乳房切除の手術を受けてから、イツキは男性として生きてきた。ヒゲを生やし、スーツで身を固め、サラリーマンとして会社勤めをしてきた。それでも、戸籍上は女性だった。いくら「世間の偏見を乗り越えた恋愛」だと美談のように語ってみたところで、あくまで法律上は「女性」と「女性」。結婚は望むべくもなかった。

みずからがトランスジェンダーであるという境遇を受け入れた時点で、イツキは自分の人生から「結婚」というイベントは削除したつもりでいた。サトカというパートナーと出会い、かすかに結婚の二文字が頭に浮かんだ時期もあった。だが、それは「いったいどうやって」という疑問とともに吹き飛ばされるほどの脆弱《ぜいじゃく》な願望でしかなかった。

だが、サトカはどうだろう。本来ならすぐそこに「結婚」という選択肢が用意されている身の上だ。どんな相手を選ぼうが、結婚へのハードルが果てしなく高いイッキとは事情が異なる。イッキ以外の男性を選べば、いますぐにでも結婚できるのだ。

出会って二年になる。サトカも三十代を迎えた。将来的なことを話し合うべき時期なのだと頭では理解していたが、視線を少し先に向けると、そこには法律という絶対に越えられない壁が立ちはだかっているのが見えた。そのたびに目を逸《そ》らしてきたのは、イッキの弱さに他ならなかった。

二人の未来に目を向けず、ただひたすらに「いま」を貪《むさぼ》り続けた結果がサトカの涙につながっているのだと思うと、不実だったのは他の男と逢瀬《おうせ》を重ねていたサトカではなく、自分のほうだったのではないかと胸を締めつけられた。

「ごめん……」

イッキは自分の胸からそっとサトカの体を引き離すと、よろめきながら玄関へと向かっていった。

13

すすり泣くサトカを後にして、イツキは家を飛び出した。玄関先にかけてあったコートを羽織ってはきたが、深夜二時を回った夜の街は思った以上に冷えきっていた。両手をコートのポケットに突っ込む。吐く息は白い。

犬の遠吠えが聞こえる。すれ違う人はいない。漆黒に飲み込まれた街に、街灯が等間隔にスポットライトをつくる。イツキは、その光を避けるようにして路地の端を歩いた。

しばらく歩くうちに、ポケットの中の指先が冷えてきたのを感じる。両手を口元にあてがい、はあっと息を吹きかけた。その指を、もう一度ポケットにしまう。ふと去年のクリスマスにサトカからもらった手袋のことを思い出した。手袋をしたままスマホの画面に触れられる、とても便利な代物だった。まもなく本格的な冬が訪れる。あの手袋にぬくもりを感じることは、もうできないのかもしれない。

けたたましいクラクションで我に返った。どうやら赤信号に気づかずに大通りを渡ろうとしていたようだ。急ぎ足で道路を渡りきる。クラクションの主に向かって頭を下げたが、シルバーのワゴン車はなんの愛想もなく深夜の街を駆け抜けていった。

たった数時間前には上機嫌で鼻歌を口ずさんでいた路地を、いまは全身を絶望に支配されながら歩いている。イツキは夜空を見上げた。月に雲がかかって、霞《かす》んで見える。

「縦の糸はあなた～　横の糸は私～」

口から出るのは同じメロディなのに、さっきとはまるで別の曲に聞こえる。

「織りなす布は～」

そこまで歌いかけて、イツキは立ち止まった。

「横と横じゃあ、布なんて織れないんだよ……」

吐き捨てるようにつぶやいた。

ガラス張りの建物の前を通り過ぎる。だが、イツキは一旦立ち止まると、二、三歩戻って、そのガラスが映し出す景色をまじまじと覗き込んだ。サトカの姿が見えた気がしたのだ。だが、どれだけ見つめても、そこに映るのは背中を丸めた冴えないヒゲのサラリーマンだけだった。

「なんだ、気のせいか……」

再び歩き出そうとしたが、やはりガラスにサトカの姿が映っている気がして、また立ち戻った。

ほら、やっぱりサトカじゃないか。眩しいほどの笑顔でこちらに向かって手を振っている。イツキは急いで手を振り返したが、不思議と目が合うことはない。すると、サトカの視線が自分から逸れていく。見知らぬ男がフレームインしてきた。サトカの笑顔が憎らしいほどに弾ける。その男はぐいとサトカを抱き寄せると、右の頬に口づけした。

「おい、やめろ」

イツキはその男の顔面めがけて、思いきり拳を放り込んだ。

「うー、痛ってぇ……」

無機質なガラスには、傷ひとつ入ることがなかった。

「へへ、へっへへへ」

なぜだか笑いがこみ上げてきた。面白いことなど、何ひとつないのに。

「へへへ、へへへへへ」

漏れてくるのは笑い声なのに、頬にはとめどなく涙が伝ってくる。

「ちくしょーっ……ちくしょーっ……」

開いた口に、鼻水が流れ込んでくる。イツキはその場にうずくまったまま、痛めたはずの拳で、今度はアスファルトを殴りつけた。

「ううう、うううっ」

暗闇の中で、うっすらと血が滲《にじ》む右の拳をじっと見つめた。もっと肉体に痛みを与えたほうが、いまは心が軽くなるような気もした。

しばらくして再び歩き出したイツキは、いつのまにか駅前まで出てきていた。当然、電車はない。改札近くにタクシーが二台停《と》まっているのが見える。このままジンの店まで行こうかとも思ったが、手術に向けて入院したという連絡を受け取ったばかりだったことを思い出した。たとえ営業していたとしても、すでに男性へと戸籍を変える権利を手にした親友に、今夜起こった悲劇を話すのはあまりに惨めだった。

イツキが一台目に停まっていた緑色のタクシーに近づいて軽くドアを叩くと、シートを深く倒して仮眠していた運転手が勢いよく身を起こした。後部座席に身を滑らせたイツキは、「どちらまで?」という運転手の問いにしばらく考え込んだ。

「青木《あおき》ヶ原《はら》の樹海まで」

「えっ……」

バックミラー越しに後部座席を窺う運転手と目が合った。口から飛び出した言葉に自分でも驚いて、イツキは発進する直前のタクシーから慌てて飛び降りた。

「ちょっとお客さん、からかわないでくださいよ」

かすかに聞こえる運転手の声を背中に、イツキはひと気のない商店街に向かって走り出した。

駆けた。ただひたすら駆けた。何に追われているわけでもないのに、心臓が張り裂けるほど夜の街を駆け抜けた。しばらくして、息が切れた。両膝に手をついて、呼吸を整える。ふと顔を上げると、以前に生理用ナプキンを買いにきたコンビニがそこにあった。

店の入口には、「クリスマスケーキ予約受付中」の文字が大きく躍っている。サトカと二人でサンタクロースが載ったケーキをつついた一年前の光景が思い浮かんだ。

「はあ、はあ、はあ、はあ……クソッ」

イツキは乱れた息のまま、何の罪もないコンビニを睨《にら》みつけた。

14

玄関のドアに鍵を差し込み、できるだけ音を立てないようにそっと回した。心の中で、「一、二の三」と唱えながら、静かに開けたドア。廊下はもちろん、リビングの電気も消えている。

深夜とも早朝ともつかない午前四時。忍び足で廊下を進み、リビングへと続くドアのガラス窓から中の様子を窺う。サトカがいる様子はない。体を反転させ、寝室のドアを開ける。トイレにも、浴室にも、その姿は見つからなかった。

どこかで胸を撫で下ろしている自分がいた。怒りと悲しみ。申し訳なさと愛。ないまぜになった感情のどの部分を出して、どの部分を隠しておくべきなのか。二時間近く深夜の街を徘徊しながら考えてみたが、一向に答えを見出すことができずにいた。

暗闇の中を手探りでキッチンへと向かい、冷蔵庫を開ける。庫内灯の白い光に思わず顔をしかめる。缶ビールを二本取り出し、そのままソファに腰を下ろした。

心地よい泡の刺激が、慌ただしく喉を通り過ぎてゆく。「ふう」と大きく息を吐いた。サトカのこと。将来のこと。みずからの肉体のこと。実験用ラットのように同じところを何度も巡り続けた思考回路をアルコールで遮断してしまおうと、ハイペースでビールを口元に運んだ。

三五〇ミリリットルの缶は、すぐに空になった。二本目のプルタブに指をかける。プシュッと小気味のいい音がしたところで、イツキは急に寒気を感じてその缶をテーブルの上に戻した。帰宅早々、どうして冷えきった体に、よく冷えたビールなど流し込んだのだろう。傍らにあったブランケットにくるまりながら、イツキはテーブルの上の空き缶をじっと見つめていた。

背もたれに寄りかかり、目を瞑《つぶ》る。考えるほどに胸が苦しくなるのに、それでもサトカの顔が思い浮かぶ。

仕事が終わって帰宅するなり「ふう、疲れたあ」と、ソファで寛《くつろ》ぐイツキにしなだれかかってくるサトカ。イツキがテレビを観ている横で、お気に入りのワインレッドのマニキュアを塗っているサトカ。「痩せなきゃなあ」と口癖のように言いながら、ハーゲンダッツのアイスクリームをうれしそうにスプーンですくうサトカ。様々な場面が次から次へと溢れ出し、愛おしさを募らせる。

サトカに、会いたい。

いま、どこで何をしているのだろう――。

しかし、そんな想いを嘲笑《あざわら》うかのように、ベッドの上で見知らぬ男に抱かれ、恍惚の表情を浮かべるサトカの姿が脳裏をよぎる。

「ううっ」

くぐもった声を漏らしながら、イツキは目の前にあった空き缶を思いきり右手でつかんだ。ぐしゃっという音を立てて変形した缶が、バランスを失って横倒しになる。

中に少しだけ残っていたビールが、テーブルの上に小さな水溜《みずた》まりをつくった。

「おかえり……サトカ」

こぼれたビールを見つめながら、もう二度と口にすることができなくなるかもしれない言葉をつぶやいた。

ソファから立ち上がる。一瞬よろめいたのは、まだビール一本しか飲んでいないアルコールのせいなのか、足が棒になるほど歩いたせいなのかは自分でもわからなかった。玄関まで歩いていくと、鍵がかかっているかを確認し、さらには内鍵までかけた。

その足で寝室へと向かう。クローゼットを開くと、戸棚の奥を漁った。伊勢丹の派手なタータンチェックの紙袋の中には、友人がいつ泊まりにきてもいいようにと予備の寝具が眠っている。だが、イツキはその下に、サトカにも決して見られたくない包みを隠していた。紙袋から寝具をすべて取り出すと、いちばん奥底に沈んでいた小さな包みを用心深く拾い上げた。

下唇を軽く噛み締めながら、イツキはしばらくその包みを見つめていた。やがてそのままベッドに腰かけ、朝からの酷使ですっかりくたびれたスーツとワイシャツを脱ぎ捨てる。ビニール袋に入った小さな包みを傍らに置き、いつもより幾分広く感じられるセミダブルベッドに潜り込む。冷えきった体が、少しだけ体温を取り戻した気がした。

毛布にくるまり、放心状態のまま宙を見つめていた。天井の黒ずんだシミが、やがてサトカと見知らぬ男が抱き合ってひとつになるシルエットに見えてくる。

「くっ……」

イツキは唇を噛み締め、ぎゅっと目をつぶった。それでも脳裏にサトカと男の抱き合う姿がこびりついて離れない。

どんな顔をして男を迎え入れたのだろう。

どんな声を上げて悦《よろこ》びを表したのだろう。

そんな妄想にかき立てられるうち、イツキの右手はいつの間にか下腹部へと伸びていった。カーキ色のボクサーパンツの上に、細い指がゆっくりと這い回る。やがて縦に伸びる溝を探し当てたその指先は、その溝に沿ってなめらかに上下動を繰り返した。しばらくその往復を愉《たの》しんだイツキは、やがて指の位置を真上に引き上げた。

「んっ……」

寸分違《たが》わずに小さな突起を捉《とら》えた中指は、カーキ色の薄い布地の上で何度も小さな弧を描く。ボクサーパンツを腰から引き抜いたイツキは、両足を広げてすっかり湿り気を帯びた深い溝にみずからの中指を添えた。わずかにためらいを感じたものの、そのまま秘部に押し当てた中指に力を込める。蜜があふれる窪《くぼ》みは、すぐに細い指先を飲み込んだ。

そこは、文字通りイツキにとって禁断の場所だった。イツキが生物学的に女性である以上、快楽を得ようと思えば女性器に触れるしかない。だが、そうして肉体的な快楽が浮かび上がった瞬間、「やはり自分は女性なのだ」という事実を突きつけられ、精神的には拷問を受けることになる。イツキにとっての自慰行為は、同時に自傷行為でもあったのだ。

それでも下腹部へと右手を伸ばしたのには理由があった。どうしても、確かめたかったのだ。

イツキは膣から指を引き抜き、枕元の包みを手早く開けた。中から出てきたのは、シリコン製のバイブだった。唇を嚙み締めながら、意を決したように薄いピンク色をした本体の電源を入れる。右手でその根元をつかむと、ヘッド部分をそっと股間にあてがった。

手が、止まった。布団の中ではヴィン、ヴィンと鈍い振動音がイツキを誘っている。固く目を閉じた。一糸まとわぬ姿でベッドに寝転ぶサトカの姿を思い浮かべる。そこにペニスを突き立てるイメージで、イツキはバイブを秘部へと挿入させた。

「んあっ……」

体中に電気を流されたような快感が走る。ピンク色のヘッド部分はイッキの深い洞窟《どうくつ》にすっぽりと埋まり、さらには奥のほうで大きくうねっている。

（やめろ、やめてくれ……）

イッキは実体験に基づいてペニスを否定してやるつもりだった。ペニスなどなくたって、十分にサトカを満たしてやれるのだと証明するつもりだった。挿入だけがセックスではないと自分に言い聞かせたかったのだ。

だが、膣内で大きくうねるバイブの動きに、イッキはとめどない悦楽を感じていた。暴力的なまでに快感の波が幾度となくイッキに押し寄せ、そのまま沖合までさらわれてしまいそうな恐怖に見舞われた。飲み込まれてたまるか。必死で歯を食いしばる自分を嘲笑うかのように、無機質な音を立ててバイブが蠢《うごめ》く。

ヴィン、ヴィン。ヴィン、ヴィン。

ヴィン、ヴィン。ヴィン、ヴィン。

ペニスなど知ったことか。こんな棒っきれのどこが気持ちいいんだ。

ヴィン、ヴィン。ヴィン、ヴィン。
ヴィン、ヴィン。ヴィン、ヴィン。

こんなものに俺は屈するのか。このまま敗北を認めるのか。

ヴィン、ヴィン。ヴィン、ヴィン。
ヴィン、ヴィン。ヴィン、ヴィン。

男だとか、女だとか、あらゆることがどうでもよく感じられてきた。いまはただひたすらに、この快楽に身を委ねていたかった。

トゥン、トゥン。トゥン、トゥン。
トゥン、トゥン。トゥン、トゥン。

バイブの先端から飛び出たクチバシのような突起が、イツキの最も敏感な部分を啄《ついば》む。

膣の奥底で感じるうねりと、すべての思考が停止するほどの刺激。それらの快感が同時に下半身から全身へと駆け巡り、サトカにも決して聞かせたことのない呻《うめ》き声が漏れる。


ヴィン、ヴィン。ヴィン、ヴィン、ヴィン。

トゥン、トゥン。トゥン、トゥン、トゥン。


次第に波が高くなり、押し寄せるペースが速まっていく。下半身が硬直し、カエルのように開かれていた両足が、ピンと上を向いて揃えられる。やがて、猛烈な高波に襲われ、野生的な震えが訪れた。

「はあ、はあ……はあ、はあ」

電源を切った。力の抜けた右手から、薄いピンク色の玩具が滑り落ちる。

女性としての肉体が、絶頂を味わった。それが、何より許せなかった。イツキは右手をあごまで持っていくと、短く生えそろったヒゲを強く引っ張った。

「ぐうう……ううう……」

イツキの目から、大粒の涙が流れ落ちる。すすり泣く声は、カーテンが光に晒されるまで消えることがなかった。

15

「ヤマモト」

「おい、ヤマモト！」

ハリさんの声が次第に大きくなっていくが、イツキはパソコンに向かったまま振り向こうともしない。キーボードに置かれた手は、もうずいぶん前から止まったままだ。

「イツキ、イツキ……ハリさんが呼んでるぞ」

隣席のタクヤに突つかれ、ようやく我に返った。

「はいっ」

思わず大きな声が出てしまい、周囲から失笑が漏れる。イツキは急いで席を立ち、ハリさんのデスクへと向かった。

「なあ、ヤマモト。どうした、何かあったか？」

「いえ、特に何も……」

イツキはハリさんの前で、萎《しお》れた葦《あし》のように立っている。その視線は目の前にいる上司をかすめるようにして窓の外に向けられていた。

「ここ数日、ずっとボーッとして何も手につかない様子だぞ」

「すみません……」

イツキは消え入るような声でつぶやいた。

「あれだな、その……」

今度はハリさんが声を潜めた。

「おまえは何があっても男なんだから、そこは気にするな」

「はあ」

ハリさんの見当違いな配慮にも、イツキは気の抜けた返事をすることしかできなかった。

「いいか、おまえは男なんだからクヨクヨするな。どーんと胸を張ってろ」

ハリさんらしい視点のズレた励ましを受けて自席に戻ると、ちょうどタクヤが電話を取り次いでいるところだった。

「山本でございますね。少々お待ちくださいませ」

タクヤは少し戸惑った表情を浮かべながら、イツキに向かって受話器を差し出した。

「露木《つゆき》さんという方から。お客様ではないっぽいんだけど……」

「えっ」

その名字には、もちろん聞き覚えがあった。だが、サトカなら携帯にかけてくるはずだ。

「もしもし、お電話代わりました。山本です」

「職場にまでお電話して申し訳ありません。サトカの……父です」

「ええっ、ああ……どうも、はじめまして」

イツキは受話器を片手に直立不動の姿勢を取った。

「はい、はい……承知いたしました。それでは十八時に。はい、失礼いたします」

イツキは能面のような顔つきで受話器を置くと、崩れ落ちるようにして自席に座り込んだ。タクヤが心配そうにイツキの顔を覗き込む。

「おい、どうした。誰からだったんだよ」

「地獄の、使者……」

「は？　バカなこと言ってないで仕事しろ」

定時までの時間がやけに長く感じられたのは、おそらく十分に一回のペースで時計に目をやっていたからだろう。時計の針が十七時ちょうどを指すと、イツキは「失礼します」と声を震わせながら席を立った。ハリさんはタクヤに向かって無言で質問を投げかけたが、タクヤもまた無言で首を横に振ることしかできなかった。

オフィスを出たイツキは、足早に指定された新宿西口のカフェへと向かった。途中、駅のトイレで鏡に向かい、ネクタイを締め直した。こんなことならもう少し品のいいネクタイを締めてくるべきだったと後悔したが、クローゼットの中身を思い浮かべ、そもそも上質なネクタイなど持ち合わせがなかったことに気がついた。

待ち合わせの十分前にはカフェに着いた。あらかじめ席を確保しておこうと中に入ると、スーツを着た細身の男性がボックス席から立ち上がってこちらに視線を向けた。見たところ、六十手前くらいの年齢だろうか。

となりには黒のセーターに黒のジャケットを羽織った品のいい中年女性がかしこまっている。こちらも、スーツ姿の男性と同じ年の頃だ。

イツキが軽く会釈をすると、先方も丁寧に会釈を返してきた。イツキは足早にボックス席へと向かった。

「はじめまして、山本と申します」

「露木です。突然、お呼び立てして申し訳ありません」

「家内の順子《じゅんこ》です」

たがいに一礼して席に着く。

「サトカが大変お世話になりまして」

「いえ、お世話になっているのはこちらのほうです」

イツキはテーブルに額がつくほど深く頭を下げながら、サトカの父が口にした「お世話になりまして」という〝過去形〟を思わせる語尾を気にかけていた。

ゆっくりと顔を上げ、ようやく目を合わせることができた。白髪混じりの髪は丁寧に整えられ、細面の顔には茶色いフレームの眼鏡がよく似合っている。チャコールグレーのスーツには、ひと目で上質な生地だとわかる光沢があった。

「あらためまして」

そう言って差し出された名刺には、「湯河原《ゆがわら》温泉　旅館　草《くさ》の露《つゆ》　総支配人　露木宗《むね》弘《ひろ》」とあった。サトカの実家が湯河原で温泉旅館を営んでいることはもちろん聞いていた。彼女が「いつか二人で行けたら……」と言いかけて、慌てて口をつぐんだのは、まだ付き合い始めてすぐの頃だっただろうか。

サトカの両親と対面することなど想定していなかった。彼らは〝未来〟の登場人物だったし、その未来とやらもサトカと家族になれる望みがない以上、訪れるはずのないものだった。だが、いまイツキの目の前には、その両親が並んで座っている。

「あまりお時間を取らせてもいけませんので、率直に申し上げたいと思います」

宗弘もまた緊張しているのか、やや早口で本題の入口に立った。

「あ、はい……」

「私たちは夫婦共働きで、それこそ寝る間も惜しんで先代から伝わる小さな旅館を営んでまいりました。幼い頃から、サトカに寂しい思いをさせてしまった部分はあったかもしれません。ですが、私たちなりに愛情いっぱいに育てたつもりです。あの子は、うちの大切な一人娘なんです」

「ええ、わかります」

「あなたがとても素敵な青年であることはサトカからも伺っております。ですが……」

実直な人柄をにじませる宗弘の顔は、わかりやすく強張《こわば》っていた。となりでコーヒーカップを握りしめていた妻に救いを求めるように視線を送る。

「その、何と言いますか……私どもは……」

普段は気《き》っ風《ぷ》のいい女将《おかみ》なのだろう。だが、コーヒーカップをいじりながら娘を想って口ごもる姿からは、とても本業の一端を窺い知ることはできそうになかった。

「あの、すみません。いまサトカさんはどちらに？」

二人の煮え切らない様子にしびれを切らしたイッキは、最も気になっていた問いをぶつけた。

「サトカは先週から湯河原に戻っております。よほど仕事が遅くなるときはお友達の家に泊めてもらっているようですが、それ以外は湯河原から都内へ」

宗弘の答えにひとまず安心したものの、やはり「お友達の家」は気にかかった。ここ数日、ずっと頭に浮かんでは離れない忌まわしき妄想がこの場でまた再生され始めたそのとき、順子が意を決したようにイッキと向き合った。

「身を引いていただけませんでしょうか」

「えっ」

声を発しようとしたが、かすれて思うように出ない。イッキは水が入ったグラスをつかみ、喉を湿らせた。順子が畳み掛ける。

「もしもあの子の幸せを願うなら、そちらから身を引いていただけませんでしょうか。もちろん、身勝手なお願いだということは重々承知しております。ですが、私たちも脈々と受け継がれていくべきものを、ここで絶やすわけにはいかないのです」

女将らしさがここに来て感じられる、説得力と、そして迫力に満ちた言葉だった。覚悟していたことではあった。だが、目の前で放たれた言葉は予期していた以上に鋭く、また獰猛《どうもう》だった。

「あの……」

今度はイツキが言葉に詰まる番だった。下唇を噛み締め、右手で軽くあごヒゲをなでる。かすかに震える手でホットコーヒーをすすり、じっと考え込んだ。

「それは……サトカさんが望んでいることなんですか？」

イツキの言葉に、宗弘と順子が顔を見合わせた。いつのまにか夫に代わって主導権を握っていた妻の順子が、イツキに向かって深くうなずく。

「家族の総意と考えていただければと思います」

その言葉を聞いたイツキはもうひと口だけコーヒーをすすると、ありったけの勇気を出して顔を上げた。

「わざわざ湯河原からお越しくださったのに申し訳ありません。ですが、この場では答えをお示しすることができません。もうしばらく考えるお時間をいただければと思います」

イツキはそう言って頭を下げると、千円札をテーブルに置き、店を後にした。

「喫茶室ルノアール」の前身は煎餅《せんべい》店で、創業当初は日本茶と煎餅も出していたという話を思い出しながら冷たい風に吹かれていると、小田急や京王などのデパートがひしめくロータリーに出た。見渡す限り、すっかりクリスマス商戦に向けたディスプレイで飾られている。押しつけがましいほど煌《きら》びやかな街並みを眺めながら、イツキは首をすくめるようにして駅へと向かった。

16

エレベーターが開くと、ナースステーションは目の前にあった。イツキは中を覗き込み、奥にいた看護師に友人の名前を告げた。教えられた通りに右に曲がると、伝えられた部屋番号はすぐに見つかった。廊下に掲げられたネームプレートには、「奥原《おくはら》仁美《ひとみ》」とあまりに無防備に本名が晒されていた。

「失礼しまーす」

廊下から部屋の中に向かって囁《ささや》くように声をかけると、手前のベッドを覆っていたクリーム色のカーテンが開かれた。中から見慣れた顔がひょいと現れる。

「お、来たな」

「なんだ、元気そうじゃん」

イツキは壁に立てかけてあったパイプ椅子を広げてベッドの脇に腰を下ろすと、ジンに顔を近づけて声を潜めた。

「やっぱり女性と相部屋なんだな」

「そうなんだよ……かといって個室にすると高くつくしな。手術のとき着せられた服なんて、かわいいピンク色だぜ」

「くっくっく。それは見たかったたな。で、術後の経過はどうなの？」

「最初の数日は痛みもあったけど、もう平気かな。ヒマだし、早く退院したいわ」

いつものように軽口を叩くジンがいた。笑うとおでこにしわが寄る顔も、ハスキーな声も、いつものジンだ。だが、目の前にいる親友には、もう子宮がない。

「なあ」

「ん？」

「おまえさ……本当にジンか？」

「は？　おまえ、何言ってんの？」

ベッドの上のジンが、見舞いに来たイッキの顔を心配そうに覗き込む。

「だってさ、おまえ……もう子宮ないんだろ？」

「はあ？」

「いや、ごめん。その……もう女体じゃないんだなと思って」

イツキの胸中を察したジンは、眉間のしわをほどいて笑みを浮かべた。

「まあ、チンコが生えてきて男の体になれたわけでもないし、子宮を取ったと言っても、自分では見えないし。あんま実感ないよ」

「そっか」

「まあ、今後は生理の心配しなくていいらしいから、それはラクだなとは思うけど」

「うん……」

予期していた返答とはずいぶん距離があったのか、イツキはわかりやすく肩を落とした。

「で、おまえのほうはどうなんだ」

「ああ……うん」

イツキはますます肩を落としながら、この一週間に起こった出来事について話し始めた。会社でアウティングされていたが、結果的には受け入れてもらえたこと。サトカがイツキとの未来が見えないことに思い悩み、他の男と浮気をしていたこと。湯河原で温泉旅館を営むサトカの両親から「身を引いてほしい」と伝えられたこと。

「なんか一気にいろんなことが起こりすぎて、俺、もうどうしたらいいかわからなくて」

いまにも泣き出しそうな顔で語るイッキを前に、ジンはじっと腕組みをしながら黙って話を聞いていた。

「俺さあ……イッキにも話してなかったことがあるんだよね」

「何だよ、いまさら」

最後まで話を聞き終えたジンの放った思いがけない言葉に、イッキは思わず身を乗り出した。

「俺ね、これまで一度だけ結婚しようと思ったことがあるんだ」

「えっ、何それ」

「ハタチの頃にすっげえ好きな女がいてさ、その子も俺のカラダのこと理解した上で好きだと言ってくれて。付き合いが長くなっていくうち、その子の家にも足を運ぶようになって。ご両親もすごく素敵な方でさ、ご飯も一緒に食べたり、仲良くさせてもらってたんだ。ああ、これで俺もやっとフツーの幸せを得ることができるのかなって」

イッキは、パイプ椅子の上で身を固くして耳を傾けていた。

「二年近く一緒にいたのかな。もう結婚したいなと。この子のためなら子宮取ってもいいかなとまで思ってた。ある日、向こうのご両親に、彼女と結婚したいと申し出た。

ご両親は何も言わずに微笑んでた。だから、てっきりOKなんだと思ってた。だけど、ご飯食べ終わって、彼女がアイス買ってくると言ってコンビニに行った隙に……ご両親に土下座されてさ。『このまま何も言わずに別れてほしい』って。お父さんから涙ながらに懇願されて」

「ああ……」

イツキは俯きながら、頬の内側を軽く嚙んだ。

「でもさ、なんかご両親を責める気持ちにはなれなくって。俺のことは人としていいやつだと思ってくれてる。それはすごく伝わってくるのよ。でも、娘のパートナーとしては認められない。そりゃそうだよね。親としては当然だよ。お父さんが頭を上げて、『それでも君は家族みたいなものだから、今後も娘とは仲良くしてやってくれ』と言ったときに、ちょうど彼女が帰ってきた。すぐに雰囲気を察した彼女が、お父さんと大ゲンカ」

イツキは話を聞きながら、ジンの立場を自分に置き換えて想像してみたが、それは死刑宣告にも近い精神的な拷問でしかなかった。

「それで誓ったんだ。俺、もう二度と結婚しようだなんてバカなこと考えるのやめようって」

「バカなこと、って……」

「だって、そうだろ。俺のせいで、ひとつの幸せな家族が壊れていくんだよ。俺が結婚なんか望まなければ、その家族は幸せでいられたんだよ」

病室内とは思えないほど強い口調でまくし立てる親友を落ち着かせるように、イツキはいたって穏やかな口調で反論した。

「でもさ、それっておまえのせいじゃない。おまえだって好きでこの体——」

イツキが言い終わらないうちに、ジンは大きく頭を左右に振った。

「あれから何年経つんだろう。ずっと封印してきた過去だよ。でもさ、人生ってわかんないもんだよな。こんな形で子宮取ることになって……」

初めて見る、ジンの涙だった。

黙り込む二人の耳に、足早に廊下を歩く看護師の靴音と床を滑るカートの音だけが響く。しばらくして、ジンが口を開いた。

「だからさ、イツキには幸せになってほしいんだよ」

「えっ」

「形なんてどうでもいいから、とにかく幸せになってもらいたいんだよ」

「そんなこと言われても……」

ジンの気持ちはうれしかったが、いま自分が置かれている状況を思うと、とても肯定的な返事をする気にはなれなかった。

「サトカはさあ……気づいてほしかったんじゃないかな」

「えっ」

「自分から面と向かって切り出せば、おまえを傷つけることになる。だけど、もうどうにも自分だけじゃ抱えきれなくなってきた。だから、おまえに気づいてほしかったんじゃないかな」

「だって、そんな……」

「ＬＩＮＥの過去のメッセージって削除できたよな。しかも、やりとりしてる相手の名前も、自分で好きなように編集できたはずだろ。本当に隠したかったら、そこまでやるんじゃないかな」

「え、でも、パスワード……」

ロックを解除するための六桁の数字は、二人の誕生日の組み合わせだった。そう考えれば、たしかにサトカの「気づいて」というメッセージにも感じられないこともなかった。

「で、おまえはどうしたいんだよ」

「え？」

「いや、だから、おまえはどうしたいんだよ」

イツキはその言葉に思わず息を飲んだ。この一週間、あれこれと思考を散らかしてきたはずなのに、「自分はどうしたいのか」という最も重要な問いだけは、なぜか頭に浮かんでこなかった。

「おまえの性別とかはひとまず置いといてさ、彼女に浮気されたんだろ。ムカつくじゃん。それでも一緒にいたいのかって聞いてんだよ」

「いたい」

「ずいぶん食い気味だな。もうちょっと迷えよ」

「いたいよ。俺、それでもサトカといたい」

イツキの言葉には、自分でも驚くほどの切実さが滲んでいた。

「だったら答えは出てるだろ。メッセージ送るなり、湯河原まで迎えに行くなり、さっさと動けばいいじゃん」

「うん、まあそうなんだけど……」

今度はイツキが腕組みをする番だった。たしかに浮気を許し、サトカへの想いを伝えれば、ヨリを戻すことは可能かもしれない。だが、戻してどうなるというのか。一時的に幸せな時間を取り戻すことはできても、二人で歩む道には、やがて「結婚」という大きな壁が立ちふさがることになる。

「何だよ、まどろっこしいやつだな」

「結局さ、ゴールの見えないレースには参加しないほうがいいんじゃないかって思うんだ。そもそも参加する資格なんてないのかもね。俺みたいなやつには」

「まあ、そこまで悲観的に――」

ジンはこちらの目を見てすぐに言葉を改めた。

「そんなにサトカのこと想ってんのか」

「うん」

「だったらさ……うん、だったら結婚すればいいじゃん。覚悟を決めて、サトカと家族になればいいじゃん」

「え、どういうこと？　だって俺――」

「手術すりゃいいだろ。おまえだって子宮取っちゃえば、男になれるんだから」

豆鉄砲を食らった鳩《はと》のような顔で驚くイッキを尻目に、ジンが続ける。

「おまえが子宮を取ってまで性別を変える気がないことはよく知ってるよ。だけどさ、そこへのこだわり捨てないと、サトカと一緒になれないんだろ。そこまで彼女と一緒にいたいなら、手術受けたらいいじゃん」

「おまえみたいに……運良く癌になれたらな」

「おい、殺すぞ」

「あ……ごめん。そういうつもりじゃ」

カーテンが閉まったままのとなりのベッドから不機嫌そうな女性の咳払いが聞こえてきた。二人はしばらく沈黙に身を委ねた。

口を開いたのは、イッキだった。

「手術ってさ、体を治すためにするもんだろ」

「まあ、そうだな」

「俺ってさ、治療が必要なのか？　このままだと社会で生きていけない体なのか？　だから手術しないといけないのか？」

「いや、それは……」

「おかしいだろ。戸籍とか制度のために、なんで俺が手術しなきゃいけないんだよ」

語気を強めたイッキの耳たぶは、ほんのり赤く染まっていた。ジンは再び腕組みをしたまま考え込んでいる。廊下からは看護師の足音とカートを押す音が相変わらず聞こえていた。

しばらくして、ジンが口を開いた。

「おまえの言う通りだよな。俺らだけ、なんでこんなしんどい思いしなきゃいけないのか。ちょっとルールを変えてくれればいいのに。俺だって心からそう思うよ」

ここまで言うと、ジンはあらためてイッキのほうへ向き直った。

「でもさ、このままでいいのか。サトカ、どっか行っちゃうぞ」

イッキはノックアウトされたボクサーのように生気のない表情でパイプ椅子に深く身を沈めている。看護師の足音とカートの音がいよいよ近づいてくると、部屋の前でピタリと止まった。

「奥原さーん、夕食の時間ですよー」

「あ、はーい」

イッキは、ゆっくりと立ち上がった。

「俺、行くわ……」

「ん、ああ。なんか悪かったな。せっかく来てくれたのに」

「いや、思ったより元気そうでよかったよ」

看護師に挨拶をして、病室を出る。エレベーターのボタンを押して、扉が開くのを待っていた。手持ち無沙汰《ぶさた》に、ズボンのポケットからスマホを取り出した。

「えっ」

思わず声が出た。画面には、サトカからのメッセージを示す通知が届いていた。

17

暗闇の中で、小さな公園を見つけた。歩き疲れたイツキは吸い込まれるようにして公園に足を踏み入れると、隅にあったベンチに崩れ落ちるようにして腰を下ろした。誰もいない夜の公園を見つめながら、ポケットからスマホを取り出す。画面を点灯させると、季節外れのホタルのように、そこだけが明るくなった。

ジンを見舞った病院のエレベーター前で、一週間ぶりとなるサトカからのメッセージを受け取った。

〈子どもが欲しいの〉

しばらく、呼吸ができなかった。頭の中が真っ白になった。そこからどこをどう歩いてきたのか、ほとんど記憶がない。ただ赤信号で立ち止まるたびに、スマホを取り出してはそのメッセージが何かの間違いではないかと確認していたことだけが記憶の断片に残っている。

暗闇の中で浮かび上がるメッセージ。何度見返しても、「子どもが欲しいの」という文字の並びは変わらなかった。イツキはスマホを無造作にポケットへ押し込むと、「ふう」と大きく息をついて天を仰いだ。オリオン座が、残酷なほどに美しかった。

「子ども、か……」

声に出したら、涙が溢れてきた。何も考えることができなかった。何も考えたくなかった。ただただ放心状態で夜空を見上げていた。

目を閉じると、サトカの顔が思い浮かんだ。ジンのバーでは、いつもケラケラと笑い声を上げながらグラスを傾けていた。一緒にサスペンスドラマを観ていると、「ねえねえ、イツキは誰が犯人だと思う？　私はねえ」と、目を輝かせながら推理を始めるのが趣味だった。イツキがたびたび作るニンニク入りチャーハンを「これ私の大好物」と言って、口いっぱいに頬張ってくれた。記憶の中のサトカは、いつも弾けるような笑顔だった。

実際はどうだったのだろう。心の内側では、何を思っていたのだろう。笑顔の裏側では、どれだけ涙を流していたのだろう。そのことに、どうして気づいてやれなかったのだろう。

サトカが悲しみや苦しさを抱えているなら、真っ先に寄り添い、手を差し伸べてやりたいと思っていた。それなのに、自分自身がサトカを苦しませていた張本人だった。そのことに何ひとつ気づかず、ただサトカが表面に浮かべる笑顔だけを見て、幸せな気持ちに浸っていた。

「バッカじゃねえの……」

つぶやいた思いが、白い息となって宙に浮かんだ。途端に寒さを思い出した。両手を口にあてがって、「はあっ」と息を吐きかける。

「ほら、手を貸してごらん」

寒い日には、きまってサトカが息を吐きかけてくれていた。

「私たち、冷え性だもんね」

思い出のなかのサトカは、やっぱり笑顔だった。

コートの袖口をまくり、手首の傷をそっとなぞる。当時は、生きていくことに絶望しかなかった。女性として生きていくことは望んでいなかった。しかし、男性として生きていくこともあきらめていた。女でもいられず、男にもなれず。自分はこの世に存在してはいけない人間なのだと思いつめていた。気づくとカッターナイフを手首にあてがっていた。

十年前の傷跡を、深く自分と向き合ってきた証などと美談にするつもりはない。それでも、最近はこの傷のことも少しずつ愛おしいと思えるようになっていた。サトカとの暮らしが、現在の自分はもちろん、過去の自分も、そして未来の自分も肯定してくれているような気がしていた。

そのサトカが、いなくなる。「子どもが欲しい」といなくなる。なんだ、やっぱり俺は、男なんかじゃなかったのだ。なんだ、やっぱり俺は、この世に存在などしてはいけなかったのだ。これまでずっと抱えて生きてきた「不良品」という言葉が、まさに時限爆弾のように体内で破裂しそうだった。

「あああああああああああーーーーーーーっ!!!」

深夜の公園で、ひとり大声を出した。それに呼応するように、どこからか犬の遠吠えが聞こえてきた。

18

インターフォンを押したが、応答がない。あきらめて帰ろうかと踵《きびす》を返したところで、やけにトーンの高い声が耳に飛び込んできた。

「あれ、イツキ？　どうしたの？」

小さな画面には、生後三ヶ月のマコトを抱きかかえた姉のコズエが映っている。

「ま、いいから上がってきなさいよ」

背中を丸めてポケットに手を突っ込み、エレベーターで三階に上がる。玄関で再びチャイムを鳴らすと、スッピンに眼鏡をかけたコズエがドアを開けてくれた。

「来るなら連絡くれればいいのに。てか、あんた、会社はどうしたの?」

「ん、ああ、有休取った……」

イツキは弱々しい声で答えると、コズエの腕の中からじっと自分のことを見つめる幼い甥《おい》っ子に微笑んでみせた。

「まあ、いいから入りなよ」

「うん、おじゃましまーす」

コズエに案内されるまま、イツキはリビングのソファに腰を下ろした。生後三ヶ月の乳児を育てる家のリビングはもっと雑然としているものかと思っていたが、意外にもきちんと整頓されている部屋の様子に、幼い頃から几帳面《きちょうめん》な性格だった姉らしさが感じられた。

「あ、ご飯まだでしょ? 食べてく?」

「ああ、うん」

「たいしたものは出せないわよ。あ、Uber Eatsでいいか。何か食べたいものある?」

「ん、何でもいいよ」

コズエはマコトを抱えたままイツキのとなりに座ると、テーブルの上に置いてあったスマホに手を伸ばした。アプリを立ち上げたのか、熱心に画面をスクロールさせている。

子どもの頃はこうしてソファに並び、一緒にテレビを観ていた。当時は、二歳違いの仲のいい「姉妹」だった。しっかり者の姉と、やんちゃな妹。周囲も、そしてイツキ自身も、そう思っていた。やがて思春期になり、みずからの性別に違和感を抱くようになった。いつしか、「妹」ではいられなくなってしまった。

初めてカミングアウトしたのもコズエだった。インターネットを通してジンの存在を知り、みずからがトランスジェンダーだと確信を持ったとき、誰かにそのことを知ってもらいたくなった。理解してほしいと願った。イツキが高校三年生のときのことだ。

「ああ、そんな気がしてた」

ずいぶんとあっさりした反応に救われた。

「そんなことより、このまえ貸した一万円、早く返しなさいよ」

わざわざこのタイミングで付け加えるあたりに、コズエなりの優しさを感じた。

都内の一流大学を卒業して、大手製薬会社に就職。一年前の夏に数年間付き合った職場の同僚と結婚した。今年九月に第一子であるマコトが生まれたばかりだ。他人に厳しく、あまり愛想のいいタイプとは言えないコズエに、はたして母親など務まるのだろうかと不安もあった。だが、片手でスマホを弄《いじ》りながらも、もう片方の手でマコトの背中を優しくなでる姿に、それが身内だからこその杞憂《きゆう》でしかなかったことを理解した。

「そう言えば、お父さんとはあのまんま?」

「あ、うん……」

コズエがスマホから目を離すことなく繰り出した質問に、イツキもまた視線を正面に向けたまま曖昧な答えを返した。

「もういい加減にしなさいよ。私の披露宴だって、ろくに話さなかったんでしょ?」

「そう、だね……」

コズエの披露宴が開かれたのは、去年の夏。長らく口を利いていない父親と同じテーブルに着いたが、言葉を交わすことはなかった。ヒゲを生やした娘の姿に、父はどんな思いを抱いていたのか。想像するだけで憂鬱《ゆううつ》になった。

それ以来、コズエと会うことにも億劫《おっくう》になっていった。姉との会話が、父親へと通じる扉のように感じられていたからだ。子どもが生まれたとの知らせを受けてもなかなか顔を見に行くことができなかったのは、どうしてもその奥に透けて見えてしまう存在を避けてのことだった。

「なあ、姉ちゃん」

「ん？」

「マコト、かわいい？」

「何よ、いきなり」

コズエは画面をスクロールする手を止めて、イッキの顔をまじまじと見つめた。

「いや、子どもができるって、どんな感じかなと思って」

「うーん……先に子育て経験してる友達から『大変だ、大変だ』とは聞かされてたけど、想像してた何十倍も大変ね」

「マジか」

「でもね、なんていうのかな。私って、ちっぽけじゃないんだなと思えるようになった」

「何それ」

「この子が泣いて、私がおっぱいあげて。この子が泣いて、私がオムツ替えて。ああ、頼られてるんだなって、この子は私がいないと生きていけないんだなって、そう思うの」

「ああ……うん」

「ほら、十年近くも会社勤めしてるとさ、別に私なんていなくなって、社会は何ひとつ変わらず動いてくんだ、みたいに感じることあるじゃない。それがね、私がいなくなったら、この子にとっては一大事なんだなって」

姉のコズエは、小さい頃から勉強がよくできた。行儀もよく、親からも教師からも優等生だと安心されていた。だが、本人にはなぜか自信がなく、「どうせ私なんて」が口癖だった。そんなコズエが、三十を過ぎて「私って、ちっぽけじゃないんだ」と微笑みを浮かべている。弟として、心から祝福してあげたいと思った。だが、その幸せを自分は手に入れることができないのだという事実が、鋭い針のように胸を刺した。

「あのさ……」

「ん？」

「抱っこしてみていい？」

コズエは少し驚いた顔を見せたが、すぐさまスマホをテーブルに置くと、ゆっくりと腕を伸ばしてマコトを自分の胸から引き離した。イッキが恐る恐る手を伸ばす。

「手で抱えるというよりは、自分の胸とかお腹で抱えて、そこに手を添えるイメージね」

相変わらず論理的で的確な物言いをする姉の手から、マコトを受け取った。

「あったかい……」

生まれて三ヶ月に過ぎない小さな命は思いのほか熱を帯びていて、イッキを驚かせた。

「マコト、イツキおじちゃんでちゅよ」

慣れない赤ちゃん言葉を口にして、マコトの顔を覗き込んだ。腕の中から、つぶらな瞳が見つめ返す。目が合った。

「姉ちゃん、笑った。マコトが、笑った」

「そう、気のせいじゃない?」

「ううん、笑ったよ。ね、マコト……」

自分には決して生み出すことのできない命。その存在をみずからの懐に抱くことには、恐れにも近い感情があった。だが、いざマコトを抱いてみると、そんな感傷がちっぽけなものに思えてくるほど、あたたかく、尊い存在であることが感じられた。

この命は、コズエ夫妻にとってだけでなく、自分の両親にとってもかけがえのないものなのだと思うと、また違った感情が込み上げてきた。コズエは、母を祖母にした。父を祖父にした。自分にはできないことを、してくれたのだ。

「マコト、ありがとう……生まれてきてくれて、ありがとう……」

両手がふさがっているイッキには、とめどなく溢れ出す涙をどうしても拭うことができなかった。コズエはテーブルにあったスマホに再び手を伸ばすと、カメラアプリを立ち上げてイッキにレンズを向けた。

「ほら、マコト。泣き虫のおじちゃんと写真撮っておこうね」

そう言ってシャッターボタンを押したコズエの目にも、うっすらと涙が浮かんでいた。

19

コズエの家を出てからしばらくあてもなく歩き回っていたイッキは、歩道橋の上でかじかんだ指先に息を吹きかけながら、都心部の大動脈ともいわれる幹線道路を見下ろしていた。ずいぶん先まで渋滞しているようで、さっきからずっと流れが滞っている。

こんなとき、ドライバーは何を考えているのだろう。運転免許を持たないイツキには想像ができなかった。大学時代に教習所へ通っていたが、入れ替わり立ち替わり現れる教官が「君は男なの？　それとも女？」とデリカシーのかけらもない質問を浴びせてくるのに嫌気がさして通うのをやめてしまった。あのとき我慢して通い続けていたら、もう少し自由に好きな旅が楽しめていたかもしれないと思うこともあった。

ポケットのスマホが震えた気がして、ズボンのお尻から取り出した。コズエからのメッセージだった。

〈今日はありがとう。また、おいで〉

短い文章に続いて、一枚の写真が送られてきた。そこには、目を真っ赤にしたイツキと無垢《むく》な表情でカメラを見つめるマコトが写っていた。赤ん坊を「天使のようだ」と表現する人々の気持ちが、初めて理解できた気がした。

そこに、前日にサトカから送られてきたメッセージが重なった。

「子どもが欲しいの」

ついさっきまでマコトを抱きかかえていたぬくもり。もみじのような小さな手のひらでイツキの指先をぎゅっと握っていた感触。サトカが求めているものの解像度が、格段に上がった気がした。

こんなにも眩しい宝物を授かりたいと願うのは、人間としての本能なのではないかと思われた。彼女からその権利を奪うことは誰にもできないはずだった。それは、たとえ自分であっても、許されることではない。

そうしてイツキは、サトカとは切り離れたところで、また別の感情が芽生えていることにも気がついていた。

父親として、子どもを育てる――。

当たり前のように人生から欠落していた選択肢に、初めて触れた気がした。もちろん、これまでだって考えたことがないわけではない。だが、その想いに向き合えば向き合うほど、誰かが嘲笑う声が聞こえてきた。その声の主が、自分だったりもした。その声に耳を塞ぎたくて、いつしか考えることをやめていた。

だが、歩道橋の上で動かない車の列を眺めながら、イツキはぼんやりと自分が父親として子どもをあやす姿を想像していた。知らぬ間に顔がにやけていたことに気がつき、耳たぶが熱くなる。だが、かつて聞こえていた自分を嘲笑う声は、不思議と聞こえてこなかった。

イツキは再びスマホを取り出し、検索画面を表示させた。そこに気になる言葉の組み合わせを打ち込んでいく。

「トランス ftm 子ども」

トランスジェンダーでも家族を築き、パートナーと子育てに励んでいる例があることは知っている。海外ではそう珍しいケースでもなくなってきたし、国内でもいくつかの事例があったはずだ。当時は「自分には関係ないこと」と適当に読み飛ばしてしまっていたが、いくつかの記事がネットに掲載されていたはずだった。

「トランスパパの幸せ」と題した記事はすぐに見つかった。一秒が惜しくてスマホの画面を連打する。そこには二組の事例が紹介されていた。どちらのカップルも、イツキと同じ「トランス男性」とサトカと同じ「シス女性」という組み合わせだった。

一組目は、養子縁組という制度を利用して、親になったカップルの話。彼らは事情によりわが子を育てることができない実親から生まれたばかりの乳児を譲り受け、養親として子どもを育てていた。二組目は、第三者からの精子提供を受け、体外受精によって子どもを授かったカップルの話。トランス男性の実兄から精子提供を受けて、妻が妊娠・出産したとのことだった。

イツキはスマホをポケットにねじ込むと、目を閉じて天を仰いだ。

それぞれのカップルは、どんな希望を抱いてその道を選んだのか。その道を選んだことで、どんな苦悩や葛藤があったのだろう。そこに思いを馳せる余裕は、いまのイツキにはなかった。だが、記事で紹介されていた先人たちの幸せに満ちた笑顔は、目を閉じてからも鮮明に残っていた。

イツキの脳裏に、マコトの無邪気な笑顔が浮かんだ。サトカの頬に伝う涙を思い浮かべる。イツキはもう一度スマホを取り出すと、震える指でメッセージを打ち込んだ。

〈話したい。明日、会えないかな〉

スマホを閉じて、歩道橋の下を走る幹線道路に視線を落とす。いつしか長い渋滞が解消され、色とりどりの車体が軽快に流れていくのが見えた。

20

便器の内側の黒ずみに洗剤をかけ、ブラシで力強くこする。イツキの額には、冬だというのにうっすらと汗が浮かんでいた。それを手の甲で拭いながら、「これでよし」とつぶやいた。掃除機もかけた。風呂場の浴槽も磨いた。ゴミ出しも済ませた。あれ以来、ずっと荒れ放題だった部屋を、お釣りがくるくらい綺麗《きれい》にした。

ピンク色のゴム手袋を外し、リビングでひと息つこうかとトイレから出たところでチャイムが鳴った。まるで玄関の押しボタンが体内と連動しているかのように、イッキの心臓は早鐘のように打ち鳴らされた。

ドアノブに手をかけようとしたその瞬間、ダークグレーのドアが向こう側に開いた。

「ただいま……」

「おかえり……」

玄関先でバツの悪そうな顔で立ち尽くすサトカの姿に、自分でも驚くほど自然に笑顔が浮かんだ。

「早く入んなよ」

「うん」

サトカは視線をあちこちに動かしながら、廊下からリビングへと歩を進めた。

「へえ、意外と綺麗にしてんじゃん」

「まあね」

たったこれだけが言いたくて、ちょっと早めの大掃除に精を出したようなものだった。

「なんか飲む？」

「あ、うん……」

「あったかいもののほうがいいよね」

イツキはキッチンに向かい、紅茶のティーバッグを取り出した。

「ねえ、いいよ。私、自分でやるよ？」

「まあ、いいから座ってなよ」

「ありがとう。でも、なんかお客さんになったみたい……」

サトカのつぶやきは、しかし湯を沸かすイツキの耳には届いていなかった。

「お待たせ」

湯気の立つティーカップをふたつ手にしたイツキが戻ってくると、サトカはソファから立ち上がってそれを受け取ろうとした。

「いいから、いいから」

イツキはひとつをサトカの前に、もうひとつをテーブルの端に置くと、自分はその近くに腰を下ろした。

「イツキ、フローリングの上で痛くない？」

「あ、うん。大丈夫、ありがとう」

玄関で目を合わせたきり、まだまともにサトカの顔を見ることができていない。イツキは視界の端でサトカを捉えながらも、ティーカップの中の紅茶に映る冴《さ》えないヒゲ面をじっと見つめていた。

サトカが紅茶をすする音が聞こえてくる。合わせる必要もないのだが、追いかけるようにしてイツキも紅茶を口に含む。

「ねえ……」

「あの……」

同時に顔を上げた。

「あ、ごめん。サトカから先にいいよ」

「ううん、イツキから先に話して」

「あ、うん……」

イツキはティーカップをテーブルに置くと、再びサトカから視線を外した。下唇を軽く噛み、右手の指先でヒゲを撫でつける。頭の中では何度もシミュレーションした場面だったが、いざサトカを目の前にすると、紡ぐべき言葉を失った。

「やっぱり、ショックだった」

「うん、ごめん……」

「どんなヤツなの？」

「ああ、うん……元カレなんだ」

聞かなければよかった、と思った。ソファの上で俯くサトカの前髪は、簾《すだれ》のようにその表情を隠していた。

「半年くらい前だったかな。前のカノジョと別れたみたいで、ヨリ戻したいって。もちろん、こっちにそんなつもりはなかったんだけど、相談に乗ってもらうにはちょうどいいかなって。ごめん、サイテーなこと言ってるよね」

「うん……」

　ずいぶん身勝手な言い分だと思った。しかし、それがどれほど身勝手な振る舞いなのかはサトカ自身がいちばん理解しているはずだ。それでも元カレに雨宿りせずにはいられなかった。それほど彼女を追い込んでいたのは自分なのだと、結局はサトカではなく自分自身を責めるしかなく、自然とため息が漏れた。

　イツキは両膝を抱えて、サトカを見つめた。彼女もまた、ソファの上で両膝を抱えている。ここしばらくサトカのいない日々を過ごしてきただけに、そこにサトカがいるだけで思わず抱きしめたくなる衝動に駆られる。だが、同時に深夜に盗み見たスマホのメッセージを思い出すと、どうしても素直になれない自分もいた。

「サトカは子どもが欲しいんだよね？」

「うん……」

「そいつとだったら、つくれるんじゃない？」

ありったけの皮肉をぶつけた。サトカがどう受け取るかなど、考える余裕がなかった。そのことを、ひどく後悔した。

サトカはゆっくりと顔を上げると、髪をかき上げた。ようやく表情が露わになった。その顔は青白く、その瞳にはかつて見たことがないほどの悲しみが宿っていた。ひと筋の涙が、スローモーションのようにゆっくりと頰を伝っていくのが見えた。

「ごめん……」

二人の間から、言葉が消えた。イツキはこれ以上の沈黙が続くことが怖くて、引き寄せたティーカップから大げさに紅茶をすすった。それでもその後に続けるべき言葉を見つけられず、また膝を抱えた。

「一緒にいたい……」

「え?」

唐突につぶやいたイツキの言葉に、サトカが思わず顔を上げた。

「これからも、サトカと一緒にいたい。ただ、もう二度とあの男と会わないと約束してくれればの話だけど」

「うん、それは」

イツキは一度ティーカップに視線を落とし、ゆっくりとヒゲをなでた。

「だけど、俺と一緒にいることで、サトカを苦しめることはしたくない」

「うん」

「俺にサトカと一緒にいる資格があるのか……正直わからない」

すべての強がりを引《ひ》っ剝《ぱ》がして、剝《む》き出しの本音を取り出した。自分の脆《もろ》さを、すべてさらけ出した。急に視界が滲んだ。テーブルに、雫が落ちた。

「資格だなんて言わないで。私だってイツキと一緒にいたい。でもね……」

サトカはしばらくテーブルの上の紅茶を見つめていたが、少しためらった後、やがてイツキのほうに向き直った。

「それと同じくらい、やっぱり子どもが欲しい」

その決意に満ちた口調に、イツキは返す言葉を見つけられなかった。

「イツキと生きていきたい。だけど、子どもも欲しい。自分でも欲張りだなって思う。だけど私の人生を考えたとき、イツキも、子どもも、どっちも必要なの」

イツキは口をギュッと固く結んだまま、宙を見つめている。鼻の奥には、ワサビを食べたときとはまた違うツンとしたものを感じていた。

父親になることへの覚悟が、完全に固まったわけではない。そんな中途半端な気持ちを言葉に乗せることに、ためらいもあった。だが、サトカがこれだけ本音で向き合ってくれている以上、自分もその気持ちに応えたいという思いが上回った。

「この一週間、俺もいろいろ考えた。本当にいろいろ考えた。考えたんだけど、やっぱり手術をしてまで戸籍を変えようという気持ちにはなれなくて……」

「うん、そっか……」

「でもね、自分でもびっくりしてるんだけど、子どもは……アリかなって」

「えっ？」

サトカの顔に、パッと光が射《さ》した。イツキは照れ笑いを浮かべながら、ズボンのポケットからスマホを取り出した。

「昨日さ、姉ちゃんの家に行ってきたんだ。ほら、甥っ子が生まれたって言ったろ。まだ会えてなかったなと思って」

写真フォルダを開き、コズエの家でマコトを抱いた写真を表示させる。

「ほら、これ、マコトって言うんだけど……かわいいだろ。なんというか……子どもっていいなって。それこそ俺にその資格があるのかわかんないけど、父親になるのも悪くないなって」

「イツキ……」

サトカは両手で顔を覆うと、くぐもった声を漏らし始めた。

「なんだよ、そんなに泣くなよ」

「うう……だって私……イッキのこと、すごく傷つけちゃったのに……」

「まだちょこっとネットで調べただけだけどさ、方法がないわけでもないみたいなんだ。俺も、もしかしたら父親になれるのかもしれないなって」

サトカはやはり嗚咽《おえつ》を漏らしながら、時折、洟《はな》をすすっている。

「だからさ、ひとまず戻ってこないか。また一緒に暮らそう」

「うん……でも、いいの？」

イッキは立ち上がると、大きく肩を震わせるサトカの体を強く抱きしめた。

21

イッキは軽く息を吸い込むと、〈高野メンタルクリニック〉というプラスチック製の看板が貼り付けられた扉をノックした。

「どうぞ」

中から聞こえてきた返事に、扉を開ける。

「失礼しまーす」

イツキは慣れた様子で布製の衝立の奥まで進むと、簡素な事務机の前に座る初老の男に向かって、「よろしくお願いします」と頭を下げた。

「ああ、イツキ君。調子はどう……おや」

高野は、ようやくイツキの後ろに控える女性の存在に気がついた。

「ええと……」

「露木サトカと申します」

「あ、先生。僕が一緒に住んでるパートナーです」

イツキが後ろを振り返りながら紹介すると、高野はやっと合点がいったようで笑顔を見せた。

「ああ、そう。あなたがサトカさん。さあさあ、座って」

高野は小さな診療所の隅にあった丸椅子をもうひとつ持ってくると、サトカの前に差し出した。

「ありがとうございます。これ、よかったら奥様と召し上がってください」

高野は、サトカが差し出した小さな紙袋を受け取った。

「そんなに気を遣わなくても……イツキ君なんて、長い付き合いになるけど、こんなの一度も持ってきたことないんだから」

「あ、すみません……」

「冗談、冗談。まあ、コーヒーでも淹《い》れてこようかね」

高野が再び立ち上がる。イツキのとなりで、サトカは初めて訪れた診療室をゆっくり見回していた。

いつもペロッと尻を出しては四つん這いになっているベッドを見られると、どことなく気恥ずかしさを感じた。イツキはこの場所で定期的に男性ホルモンを注射してもらうことで、かろうじて男性であることを保っている。サトカにその裏舞台を晒すことには、若干の抵抗があった。だが、これから二人が挑もうとする航海には、おそらく経験豊富な水先案内人が必要だったし、その任に適した高野には早い段階でサトカを紹介しておくべきだと考えたのだ。

「紙コップでごめんね」

湯気の立った紙コップを両手に戻ってきた高野に、二人がそれぞれ手を伸ばす。

「それで――」

自分の椅子に腰を落とした高野が、あらためて二人に向き直った。

「僕たち、子どもを持ちたいと思ってるんです」

イツキの告白に、高野は表情ひとつ変えずにコーヒーをすすった。

「二人で話し合ったり、ネットで調べたりと、やれることはやってきたんですけど、ここから先、具体的に進めていくには、やっぱり専門家の先生にアドバイスをもらったほうがいいなと思いまして」

イツキの言葉を最後まで聞き終えると、高野は目を細めた。

「そうか、おめでとう」

「いや、まだ何も赤ちゃんができたわけじゃないですから」

「でも……そう思える相手ができたこと。素晴らしいじゃないか」

高野はいつも通りの落ち着いた口調でそうつぶやくと、デスクの上にある写真立てに視線を落とした。すでに孫を抱ける可能性が潰《つい》えてしまった中年男の悲哀と、息子の切実な思いに一度も寄り添えないまま別れを迎えてしまった父としての悔恨とがないまぜになった表情に、イツキは胸を締めつけられた。

「ただ、正確に言うと、私は専門家ではないんだ。子どもをつくるとなれば、生殖補助医療といって、また別の分野の支援が必要になるのだけど、まあその手前の相談ということであれば、私でも役に立てるかな」

「ありがとうございます。先生が見てこられた患者さんの中でも、その……なんというか、僕たちのようなケースの方っていらっしゃいましたか？」

「まあ、そうだね。いないことはない。ただ――」

イツキが安堵《あんど》の表情を浮かべる間もなく、高野は言葉をつないだ。

「いないことはないけれど、一人ひとり、そのカップルごとにニーズは違うからねえ。何を望み、何を望まないのか。だから、本当の意味で同じケースと言えるのかどうか」

そう言うと、高野は再びコーヒーをすすった。

「たしかに、それはそうですよね。ひとまずネットで調べた限りでは、どこかから養子を取る方法と、精子提供を受けてサトカが出産をする方法と……やっぱり、この二つになりますかね？」

「まあ、そうなるかな」

高野はここまで黙っていたサトカに視線を向けた。その眼差しに促されるように、サトカが口を開く。

「彼にも伝えたんですが、私は養子には乗り気ではなくて……。やっぱり、そこは女性として、可能ならば自分の子を産みたい、お腹を痛めて自分の子を産みたいという気持ちがありまして……」

サトカの素直な心情に、高野が深くうなずいた。

「私の身体にそれができないとなれば話は別なんでしょうけど、そうでない以上、やっぱり自分で産みたい、その選択肢は消したくないなって」

サトカの言葉を受け、今度は高野の視線がパートナーであるイツキへと向けられた。

「まあ、それはそうですよね。うーん……正直なこと言えば、僕ともサトカとも血がつながっていない子をどこかからもらってくるほうが、親としてフェアに育てられるのかなという気持ちも、なくはないです。でも――」

イツキは言葉を切ると、視線を床に落とした。

「僕のそんなせせこましい感情よりも、サトカの『自分の子を産みたい』というプリミティブな感情のほうが優先されるべきかなって、そう思うんですよね」

三人が口をつぐむと、壁にかけられた時計の秒針がカチッ、カチッと勤勉に動く音が聞こえてきた。イツキは丸椅子に腰掛けながら大きく足を開き、背中を丸めている。紙コップを両手で握り締め、ぬるくなったコーヒーをじっと見つめていた。

「先生……精子提供というのは、一般的には精子バンクみたいなところからもらってくることになるんですかね？」

沈黙を破るイツキの質問に、高野は落ち着き払った様子で答えを返した。

「まあ、そういう選択をする人もいるかな」

「そこが、何というか……感情的に割り切れないんですよね。どこの誰かもわからない男の精子と、僕の愛するパートナーの卵子が……結合して……受精卵になって……それをサトカの胎内で育てていくんですよね」

「ああ」

「そうして生まれてきた命を……僕、愛せるのかな。みなさん、どうなんですかね。ちゃんと愛せてるのかな。僕がガキなのかな。そのへん、いまひとつ自信がなくって」

声を震わせるイツキを、高野は眼鏡の奥から優しい眼差しで見守った。

「最初から自信がある人なんて、いないんじゃないかな」

うなだれるようにして黙り込んだイツキに代わって、サトカが口を開いた。

「先生、身内から提供してもらう、というケースもあるんですよね？」

「うん、ありますよ」

「私、イツキの気持ちもわかるんです。私と生まれてきた子どもには血のつながりがある。けれども、イツキとその子には血のつながりがない。それって、彼からしたらやっぱり不安だと思うんです。だから……彼の身内から提供された精子なら、彼も少しは血のつながりを感じられるのかなって」

高野はサトカの言葉にうなずきながら、問いを投げかけた。

「あなたは、それでいいの？」

「はい。私自身が『自分の子どもを産みたい』と、養子という選択肢を排除してしまっている以上、そこから先の選択については彼に委ねたいと思っています」

サトカは丸椅子の上で背筋を伸ばし、まっすぐに高野を見つめ返した。

「イツキ君、ご兄弟はいるんだっけ？」

「いえ、姉が一人いるだけです」

「そうか。となると……お父さんになってくるのかな」

覚悟していた言葉ではあった。それでも、イツキは高野が示した唯一の可能性を耳にすると、手元で空になっていた紙コップをぐしゃっと握り潰した。

「ただ、もう八年も口を利いてないんですよね……」

22

「ねえ、イツキ。ちょっと待ってよ」
二、三メートル先を行くイツキを、サトカが白い息を吐き出しながら足早に追いかける。パンプスのヒールがアスファルトを叩く音に、イツキが我に返った。

「あ、ごめん……考えごとしてたら、つい」

高野に相談に乗ってもらった二人は、クリニックを出てからほとんど言葉を交わさずにいた。イツキはコートのポケットに両手を突っ込んだまま、ずっと眉間にしわを寄せている。二人はいつのまにか代々木公園まで歩いてきていた。

「イツキ、やっぱり話してほしい」

「え?」

「八年前、お父さんと何があったのか」

「ああ……」

表情を曇らせるイツキに、サトカが畳み掛けた。

「二人の間に何があったのか、これまでは立ち入らないようにしてきた。だけど、こういう状況になったら話は別だよね。私にも聞いておく権利はあるんじゃない?」

サトカの真剣な眼差しに射すくめられたように、イツキは「ふうっ」と大きく息を吐いて、近くのベンチに腰を下ろした。サトカが無言でそのとなりに座る。

冬の公園は、鉛色の分厚い雲に包まれていた。二人が座るベンチのすぐそばでは、ダウンベストを着た父親らしき男性が、幼稚園に通うくらいの男の子に野球を教えていた。父親が投げる山なりのボールに、ジャンパーを脱ぎ捨ててTシャツ一枚になった男の子が、プラスチック製のバットをブンブン振り回している。だが、ちっともボールに当たらない。時折、父親が投球を中止しては息子のもとに歩み寄り、「いいか、バットの構え方はこうだぞ」と教えている光景が、本来なら微笑ましかった。

「最後に親父《おやじ》としゃべったのは、俺の二十歳の誕生日だった――」

イツキは野球に興じる親子に視線を注いだまま、父との関係について語り出した。

イツキが性別に違和感を覚え始めたのは、幼稚園の頃だった。園に指定された制服のスカートを穿かされそうになると、「こんなのイヤだ」と泣き出した。母のフミエが無理やり穿かせようと追いかけると、イツキはきまって父のもとに逃げ込み、太ももにしがみついた。

「まあ、そんなに無理強いしなくても」

父のシゲルはいつもニコニコと笑顔を浮かべながら、イツキを守ってくれた。「もう、お父さんは本当に甘いんだから」と口を尖《とが》らせるフミエの顔を、イツキはいまでもよく覚えている。

姉のコズエが愛想のない子どもだったせいもあるのだろうか。シゲルは、次女のイツキを溺愛《できあい》していた。子どもながらに依怙贔屓《えこひいき》されていることは感じ取っていたが、肝心のコズエが特に気にしている様子もなかったので、イツキは構わず父に甘え続けた。

小学校入学にあたって赤いランドセルを与えられそうになったが、イツキは泣いて嫌がった。見かねたシゲルは、わざわざ東京まで行って茶色いランドセルを買ってきてくれた。入学後、担任の先生に「これがうちの方針です」と毅然《きぜん》とした対応をしてくれたのもシゲルだった。

中学校に上がり、再び制服を強いられる生活が始まると、イツキは学校を休みがちになった。無理に行かせようとする母に対して、このときも父は「しばらく様子を見てみよう」と寄り添ってくれた。

だが、シゲルの愛情が〝娘である〟自分に向けられたものだと感じれば感じるほど、胸の中で誰にも伝えることのできない罪悪感が募っていった。自分はいつまでもシゲルの〝娘〟ではいられないのではないかという底知れぬ不安が、自分でも制御できないほどに膨れ上がっていった。いつしか、父と距離を置くようになった。シゲルがただの反抗期だと捉えていることに、ひとまずの安堵と、一抹の寂しさを感じていた。

高校三年生のとき、人生で初めてカミングアウトした。相手は、姉のコズエだった。

「ああ、そんな気がしてた」

ずいぶんと薄味のコメントだったが、ありのままの自分を受け止めてもらえたことがうれしくて、「身内にだけは理解されたい」という欲求が高まっていった。機を見て両親にも伝えるつもりでいたが、コズエには止められていた。

「お母さんはともかく、お父さんにはやめときなさい。溺愛してた娘がじつは息子でしたなんて、お父さんには受け止めきれるはずないんだから」

コズエの言うことは幼い頃から的確だった。だが、このときばかりは「見当はずれだ」と内心で笑っていた。イツキには、シゲルに愛されてきたという自負があった。いつも寄り添ってくれるという安心感があった。きっと受け止めてくれるだろうという根拠のない自信があった。

二十歳の誕生日を迎えた日のことだった。決意を固めて、「お父さん、話があるんだ」とリビングに乗り込んだ。先にカミングアウトを済ませていた母のフミエが見守るなか、震える声で気持ちを伝えた。

「ずっと苦しかった……。今日から息子でいさせてほしい」

ダイニングテーブルを挟んで向かいに座るシゲルは、拳を握りしめていた。その拳は、かすかに震えていた。

「おまえは……娘だ」

すぐには受け入れてくれないシゲルの気持ちも、わからないではなかった。だが、自分でもさんざん悩み、何かの思い過ごしではないかとインターネットなどで調べてみたが、やはりトランスジェンダーという心と体の性別が一致しない境遇だと確信するに至ったことを涙ながらに語った。

それでも、シゲルの心は頑《かたく》なだった。

「お父さんは子育てを間違えたみたいだ。少し甘やかしすぎたな……。おまえも頭を冷やしなさい」

愛だと信じていた。だけど、それは、どうやら勘違いだったみたいだ。それとも、性別が変わってしまうと、途端に愛されなくなるのだろうか。

父の、愛が、消えた。

失意のままに部屋へと戻った。シゲルは、その日から目を合わせてくれなくなった。イツキからも声をかけづらくなった。食卓には沈黙が流れるようになった。数ヶ月後、イツキは家を出た。

「それ以来、初めて会ったのが姉ちゃんの結婚式だったんだ。去年の夏にあった」

「うん」

サトカは指先までピンと伸ばした手のひらを膝に置いて、短い相槌《あいづち》を打った。

「ビックリしただろうな……。数年ぶりに会った娘に、ヒゲが生えてるんだから」

「うん……」

「親族だからさ、同じテーブルなんだよ。一応、目が合ったから軽く会釈してみた。親子なのにね。そしたら、向こうも小さな声で、『おお』って」

「それで？」

「それだけ」

「え」

「それだけだよ。式の間中、会話なし。母さんとは少ししゃべったけどね」

イツキはベンチにもたれながら、自嘲《じちょう》気味に笑ってみせた。

ニューヨークにあるエンパイア・ステート・ビルディングを思わせる代々木のドコモタワーを見上げながら、サトカは冬の曇り空を恨めしそうに見つめていた。

「それで……どうするの？」

「わかってるよ！」

思わず大きな声が出たのは、苛立ちからだった。サトカに聞かれずとも、クリニックを出たときから、ずっとイツキの頭の中を支配していた問いだった。自分と血のつながりがある子どもを産むには、父であるシゲルに精子提供を頼むしかない。だが、八年もの断絶が続く相手に、はたして頭を下げることができるのか。そこに自信がないからこそ、答えを急《せ》かされて心が波打った。

「そっちはどうなんだよ」

「そっち？」

「ご両親、反対してるんだろ。跡継ぎが必要だから、俺じゃダメなんだろ」

目を見開いて驚くサトカに、イツキは荒々しく言葉をぶつけた。

「先週、わざわざご両親揃って東京にいらしたよ。『娘と別れてくれ』って」

「え、そんな……聞いてないよ、私。イツキ、ごめん。私——」

突然のことに気が動転するサトカを横目に、イツキはかえって落ち着きを取り戻した。

「いいよ、サトカのせいじゃない」

「でも……」

「そして、ご両親のせいでもない」

「えっ」

「ぜんぶ俺のせいだから。俺のカラダが悪いんだよ」

「イツキ……」

唇を噛み締めるイツキの足元に、鮮やかなピンク色のゴムボールが転がってきた。

「やったあ」

「おお、すごい、すごい」

二人が座るベンチから少し離れた場所で野球に興じていた親子。息子の振ったバットが、ようやくボールを捕らえたようだ。

「すみませーん」

ボールを受け取りに、親子揃って駆け寄ってきた。寒さで少しだけ鼻を赤く染めた父と、青っ洟《あおばな》をはみ出させる息子。誰に説明されずとも、くっきりとDNAの存在を感じさせるほど相似形の顔を並べる二人に、イツキは張りつけたような笑顔を浮かべながらボールを手渡した。

「ありがとうございます」

父親に促され、ぺこりとお辞儀をする男の子。再び駆け出していった息子の後を追うダウンベストを着込んだ父親。彼らを見送るイツキの頬に、ひと筋の涙が伝い落ちた。

23

ハリさん行きつけのおでん屋で卓を囲むと、タクヤが神妙な面持ちで切り出した。

「じつはご報告がありまして……」

「なんだ、おまえ。横領でもしたか！」

冴えないジョークで話の腰を折るハリさんにかまわず、タクヤが続けた。

「あの、僕……このたび結婚することになりまして……」

「えっ」

ハリさんより大きな声を出したのは、イッキだった。

「だって、おま……」

タクヤからは二週間に一度のペースで合コンに誘われていた。まさか、そんな男が結婚を考えているとは夢にも思っていなかった。

「まあ、皆まで言うなって。俺だって、べつに結婚するつもりはなかったんだけど、ほら、まあ、デキちゃったもんだから」

苦笑いを浮かべるタクヤに、からしをたっぷりと塗ったちくわぶを頬張っていたハリさんが目を見張った。

「そうなのか。そりゃあ、めでたいな。おめでとう。まあ、飲め飲め」

そこから芸能リポーターのように、根掘り葉掘りと二人の馴《な》れ初《そ》めや相手の容姿などに突っ込むハリさん。上司の追及をのらりくらりとかわすタクヤ。熱燗《あつかん》でほんのりと頬を赤く染めたイッキは、そんな二人のやりとりをぼんやりと眺めていた。

つい最近まで見知らぬ女の子を口説いていた。そんな男が結婚するという。ずいぶん、たやすくできるものなんだな、結婚って。自分がそこにたどり着くには、手術まで受けなければならないことを思うと、タクヤには何の非もないことはわかっていても、無性に腹が立った。

「でもさ、結婚しようが、これからもチャラチャラと遊び続けるんだろ」

イッキの棘のある言葉に、それまで下卑た笑顔を浮かべてリポーターを気取っていたハリさんの表情が凍りついた。ところが、当のタクヤは真顔になってイッキのほうへと向き直った。

「おまえの言う通りだよな……」

急にしおらしい態度で来られるとは思っていなかったイッキは、当然、面食らった。

「俺も結婚するって決まってさ、派手に遊ぶ生活もこれで終わりにしなきゃなと思ったけど、本当にやめられるのかなって、やっぱそこは不安に思ったわけよ」

「ああ」

「だけどさ、エコー写真っていうの？　それを見たとき、ああ、これが俺の子かあって。なんか感動したんだよね。まだ豆粒くらいの大きさだし、男の子か女の子かさえわからないけど、でも、なんつーか、愛しいなあって」

　軽薄を絵に描いたような男が初めて見せるロマンチックな表情に、イツキは胸を痛めた。その痛みの半分は、ずいぶんと失礼なことを言ってしまったという後悔の念。そして、もう半分は我が子という存在はこんなにも人を変えてしまうのだというショックだった。

「まあまあ、とにかくめでたいじゃないか。よし、今夜は飲もう。とことん飲もう」

　場の空気を取り戻そうとしたのか、それともただタクヤの報告にかこつけて酒が飲みたかっただけなのかはわからないが、ハリさんは大声で店員に熱燗を追加で注文した。

「ハリさんこそ、奥さんとどうなんすか？」

　これ以上、無粋な突っ込みを受けてはたまらないと思ったタクヤが、酒を待つ間に逆襲に出た。てっきり照れ笑いでも浮かべるかと思いきや、ハリさんは「ハァ」とキャラに似つかわしくない深いため息をついてみせた。

「なんすか、『ハァ』って。うまくいってないんすか?」

ハリさんは手元にあった猪口《ちょこ》を口まで運んだが、すでに杯《さかずき》が乾いていたことに気がついて机に戻した。次に徳利《とっくり》を持ち上げて振ってみたが、こちらも空っぽだった。

「ハァ」

もう一度、深いため息をつくハリさんに、タクヤとイツキは顔を見合わせた。

「どうしたんすか、ハリさん。よかったら俺らで話聞きますよ」

ちょうどいいタイミングで酒が運ばれてきた。タクヤが「あちっ」と声を漏らしながら、ハリさんの猪口に熱い酒を注《つ》ぐ。

「おまえらに何がわかるってんだよ……」

藪《やぶ》から棒にやさぐれたセリフが飛び出し、タクヤとイツキは再び顔を見合わせて苦笑いを浮かべた。

「おまえら、結婚には愛があると思ってるだろ」

「はい」

「ええ、まあ」

二人の返答を聞いたハリさんは、タクヤが注いだばかりの酒を一気に呷《あお》った。

「あるんだよ……最初はな」

ハリさんの声のトーンは、まるで別人かと思うほど、重たく、湿っぽいものだった。

「それがよ……いまじゃすっかりATM扱いだ。家に帰ったって『お疲れ様』のひとことも言われねえ。たまの休みに家でゴロゴロしてりゃ、そりゃあもう鬱陶《うっとう》しそうな視線を向けてくる」

眉毛を八の字にしたハリさんは、ついに手酌で飲み始めた。適度に温められた日本酒に救いを求めた中年男は、背中を丸めて寂しそうにつぶやいた。

「何だろうな……夫婦って」

タクヤも、イッキも、たった三十年足らずの人生では、こうした場面でかけるべき言葉をまだ持ち合わせていなかった。仕方なく、上司にならって背中を丸めて日本酒を呷った。

せっかく結婚の報告をしたというのに、いつのまにか上司の愚痴を聞かされるタクヤが気の毒ではあった。だが、ハリさんの夫婦関係もまた不憫《ふびん》に思えた。それとも、夫婦とはおおよそ、こんなものなのだろうか。たいしたサンプル数を持たないイッキには、判断するための材料がなかった。

いずれは自分もこうした行き詰まりを迎えるのだろうか。これでもかというほどに悩み、傷つき、涙を流していることが、滑稽《こっけい》にすら思えてきた。

「離婚しないんすか？」

銀色のおたまで玉子をすくいながら、タクヤが核心に迫った。追い打ちをかけるような質問をぶつける同僚をイッキは目で制したが、タクヤの目はすっかり据わっているようだった。

「まあ、考えないわけじゃないさ。だけど……」

ハリさんの手酌のペースが上がっていく。

「子どもがな」

笑顔が、ほんのり、戻った。

「中二の娘、ありゃあ妻に似て、俺のこと毛嫌いしてんだ。まるで汚いものを見るような目で俺のことを見てくる。だけど、息子がいてな、小四の。こいつが、まあかわいくて」

夫婦関係についてこぼしていたのとは別人のように相好《そうごう》を崩すハリさんに、タクヤがすかさず切り込んだ。

「てことは、奥さんに似てるんですね」

「バカヤロウ。それが俺にそっくりなんだよ。まあ、ずんぐりしてて、きっとクラスの女子にはイケてないとか思われてるんだろうけどな。そういうとこも俺そっくりだ」

似ていると、かわいいのか。そう感じるのが、親の情というものなのか。イッキは数日前に公園でボールを拾いにきた親子のやけにそっくりな顔を思い出した。

「おい、ヤマモト。おまえ、聞いてるのか」

「あ、はい……すみません」

いつのまにか、ハリさんはすっかり上機嫌になっていた。

24

子宮癌の手術を終え、無事に退院したジンから仕事に復帰したとのメッセージを受け、イツキは仕事終わりに新宿二丁目へと向かった。

クリスマスを控えた最後の金曜日。日本最大のＬＧＢＴタウンとして知られるこの街は、サンタクロースのコスチュームに身を包んだド派手なドラァグクイーンたちで溢れかえっていた。どこかのテレビ局だろうか。ダウンジャケットを着込んだ大柄な男性が、肩に担いだカメラでその様子を撮影している。

世間一般がイメージするLGBTとは、おそらくこういう人々なのだろう。しかし大多数の当事者はカミングアウトすることなく、社会のなかで声を潜めて暮らしている。「俺のまわりにはLGBTなんて一人もいない」などと豪語する人がいるが、何のことはない、そんなことを豪語するような人だからこそ、周囲はカミングアウトできていないだけなのだ。存在していないのではなく、息を殺しているだけなのだ。

同じ当事者でありながら、どう見てもくたびれたサラリーマンにしか見えないイツキは、彼らの間を縫うようにしてジンの店へとたどり着いた。

「いらっしゃい」

「おう、生きてたか。この死に損ない」

「うるせえな。この男のなり損ない」

ジンはたいして表情も変えないまま反撃の毒霧を吹かすと、注文も聞かずにいつものゴッドファーザーを作り始めた。

店内には、「ホワイト・クリスマス」を歌うビング・クロスビーの甘い歌声が流れていた。イツキはこれまでのクリスマスにまつわる思い出を思い返してみたが、毎年女の子が欲しがりそうなオモチャを届けてくれるサンタクロースや、好きな人に好きとさえ伝えられずにいた思春期など、切ない記憶が蘇っただけだった。そのぶん、サトカと過ごしたこの二年のクリスマスがいかに幸福に満ちたものだったのかが際立った。

「はいよ」

ジンが無造作に差し出したグラスを受け取ると、イツキは口元で少しだけ傾けた。アーモンドの香ばしさとわずかな甘みが口いっぱいに広がる。

「サトカ、戻ってきたんだろ」

「ああ」

「やり直せそうなのか?」

元カレとの浮気については、少しずつ消化しつつあること。サトカが求めているのは、結婚よりも出産だったこと。イツキ自身も血のつながりがある子を授かるには、八年もの断絶がある父親に精子提供を頼むしかないこと。ジンには相変わらず、自分の身に起こった出来事だけでなく、そのとき心に刻まれた負の感情まで、包み隠すことなく、すべてを伝えることができた。

ジンは自分用に注いだハイボールを口に運びながら、じっとイツキの話に耳を傾けていた。

「しんどいな」

「うん……」

「親父さん、か」

　ジンとは高校生だった頃からの付き合いだ。父との軋轢《あつれき》については、当時からリアルタイムで相談していた。胃が何も受けつけなくなるほど憔悴《しょうすい》していたあの頃、最も親身になって話を聞いてくれたのがジンだった。だからこそ、その父親に頭を下げる、それも「精子をください」などと言いに行くことが、どれだけ心をえぐられる行為であるかは、誰よりも理解してくれているはずだった。

「血がつながってないと……ダメなのか？」

　ジンは完全に袋小路に入り込んでしまっているイツキの目先を変えるような問いをぶつけた。イツキはグラスを抱え込みながら、言葉を絞り出した。

「ダメ……ではないんだ。うん、ダメなんかじゃない。ただ……その、不安なんだ。ただでさえ婚姻関係が結ばれてない中で、ただでさえ法的に親子になれない中で、その上……血もつながってなかったら、親子だなんて言えんのかなって。『オレ、おまえの親父だぞ』って言えんのかなって」

　イツキは下を向いた。カウンターにできた小さな傷を見るともなしに見続ける。

「怖《こえ》えんだよ……」

　言葉が、ひとつこぼれ落ちた。

店の天井に取りつけられたスピーカーからは、ジョン・レノンが歌う、聞き覚えのあるクリスマスソングが流れていた。「強い人も、弱い人も、金持ちも、貧乏人も」という彼らしい慈愛に満ちたメッセージが胸に沁《し》みた。彼は曲の中で何度も「War is over（争いは終わった）」と繰り返していた。

「なあ、ジン」

「ん？」

「ひとつ聞いてもいいかな」

「ああ」

ジンの声がかすかに聞こえる。

「子宮、取っただろ」

「うん」

「もう、これでおまえは物理的にも子ども産めなくなったわけだよな」

「まあ、そうなるな」

「寂しく、ないのか？　うーん、寂しさとは違うな……何と言ったらいいのか……えーと、怒らないで聞いてくれるか」

「なんだよ」

「俺さ、ずっと自分に対して飲み込んできた言葉があるんだ。それは、頭の中でずっと浮かんでは消えて、その繰り返し。生産性……ないじゃん、俺ら。それってさ、やっぱり、その……〝不良品〟なのかな」

オブラートをただの一枚も使わずに差し出された言葉に、さすがのジンも表情を強張らせていた。

「ふざけんなよ」

「あ、ごめん……」

「違う、おまえにじゃねえよ」

「え」

「世間にこいつは不良品だとか、勝手に決められてたまるかよ」

ジンが遠くを見つめながら吐き捨てるようにして口にした言葉に、イツキはただ「うん」と力なく相槌を打つことしかできなかった。

スピーカーから流れてくるジョン・レノンは、最後にもう一度「争いは終わった」とささやいたが、いまの二人にはまるで絵空事にしか聞こえてこなかった。

「メリークリスマス」

「メリークリスマス」

二人はカウンターの上で、伏し目がちにグラスを鳴らした。

25

イツキは白い息を吐き出しながら、姉のコズエが住むマンションのインターフォンを鳴らした。

「はい、どうぞー」

愛想の悪い返事と同時に、玄関の自動扉が開く。イツキは軽い足取りでマンションの中へと向かった。

冷凍庫の中にいるかのように冷えきった街中を歩いてきたイツキにとって、コズエの家の暖められた空気は体じゅうの筋肉を緩ませた。そして、コズエの腕に抱かれてやってきたマコトのまんまるな目を見ると、サトカや父親とのことで縮こまっていた心までが弛緩《しかん》していくようだった。

「今日はどうしたの？　このまえ来たばっかりじゃない」

「悪かったな、ちょくちょく来て。マコトにクリスマスプレゼント持ってきた」

「あら、ありがとう。よかったねえ、マコト」

幼い頃から愛嬌がないと言われ続けてきた姉が、つい数ヶ月前に生まれたばかりの息子には一オクターブ高い声で話しかけている。そんなコズエの姿が、イツキにはうれしくもあり、ちょっぴり可笑しくもあった。だが、マコトの天使のように愛くるしい笑顔を見ていると、コズエが〝キャラ変〟してしまうのも納得ができた。

「で、何を持って来てくれたの?」

さっきまでマコトに話しかけていたのとは別人かと思うほど冷静なトーンで、コズエは視線を上げた。

「あ、そうそう絵本なんだけど……」

イツキが背負ってきたリュックサックから真っ赤な包装紙で飾られた包みを取り出した。

「絵本って、この子、まだ三ヶ月よ。読めるわけな……」

「ああ、違う違う。自分で読む用じゃないんだよ。いいから開けてみて」

イツキに促されたコズエは、受け取った包みに細い指を絡めて、真っ赤な包装紙を開いていく。出てきたのは、にっこり笑った犬のイラストが表紙になっている絵本だった。タイトルには『いないいないばああそび』とある。

「これね、ほら。子どもが読むというより、親が読むんだよ。このイラストに合わせて、子どもに向かって、『いない、いない、ばあ』と」

コズエが持つ絵本に手を伸ばして数ページめくったイツキは、そこに描かれている怪獣のイラストと同じように、マコトに向かって「ばあ」とやってみせた。マコトははじめびっくりしたような表情を浮かべ、ただでさえ丸い目をいっそう丸くしていたが、数秒後にはニコッと笑顔を見せた。

「本屋に行って、いろいろ見てたんだけど、なんか、これいいなって。他にも同じような本がいくつもあったんだけど、なんとなく、これがいいなって思ったんだよね」

「へえ、センスいいじゃん。あ、何かあったかいものでも飲む?」

自分で持ってきた絵本を使いながらマコトと戯《たわむ》れるイツキにそう声をかけると、コズエは返事を待つでもなく、「紅茶でも淹れようか」と立ち上がった。

「あ、それよりさ」

イツキに呼び止められ、コズエが振り返る。

「ん?」

「アルバムってある?」

「アルバム?」

「そう、俺らが子どもの頃のアルバム」

コズエは立ち止まって、一瞬、視線を宙に向けて考え込んだ。

「まあ、あるにはあると思うけど、あくまで私のアルバムだから、そこまであなたが写ってるわけじゃないと思うよ」

「うん、それでもいいから……見せてもらえないかな」

「まあ、いいけど」

コズエがマコトを抱いて奥の部屋へ向かうと、イツキはひとりリビングに残された。うんと伸びをして真上を見上げると、真っ白な天井が広がっていた。

生まれたときには真っ白なキャンバスであるはずの人生に、それぞれの模様が描かれていく。コズエの人生。イツキの人生。同じ親から生まれ、同じ家に育った姉妹が、いまはまったく別の人生を歩んでいる。

コズエの人生のほうがよかった――サトカと出会う以前だったら、そんなことを思ったのかもしれない。いや、「いまはまったく思わない」と心から言えるだろうか。そして、まだ真っ白なままのマコトは、これからどんな人生を歩んでいくのだろうか。

二冊分のアルバムを握りしめたコズエが、リビングに戻ってきた。

「あなたも写ってるのは、この二冊かな。家での写真とか、家族旅行のときとか」

「お、ありがとう」

コズエから受け取った埃《ほこり》っぽい冊子を、イッキはひとまずテーブルの上に広げた。

「それにしても、どういう風の吹き回しよ。これまで家族なんて見向きもしてこなかった人がさあ」

コズエの皮肉交じりの問いかけに、イッキは「ああ、なんとなく」とすぐにバレる嘘をついた。「家族というものを、もう一度、見つめ直してみたくって」などという本音は、顔から火が出るようで口にしたくなかった。

ページをめくると、幼い頃の姉が登場した。三歳上の姉については、「頭がよく、しっかり者」という印象でいたが、アルバムの中のコズエは、また違った印象を与えてくれた。たしかに写真では大人びた表情を見せることもあったが、お気に入りのクマのぬいぐるみを抱えて微笑んでいたり、ソフトクリームを地面に落として泣いていたりと、コズエだって、きちんと子どもだったのだ。

「なんか、姉ちゃん、かわいいじゃん」

「当たり前でしょ、子どもなんだから」

「まあ、そうだよね……」

さらにページをめくると、当時は〝妹〟だったイッキも登場した。コズエよりも自分のほうが愛嬌のあるタイプだと思っていたが、アルバムを見るとそのイメージとはずいぶん乖離《かいり》があった。二枚に一枚は、ふてくされているのだ。

無理やり穿かされたスカートの裾を握りしめている幼稚園の入園式。ウサギのぬいぐるみをプレゼントされたものの、耳の部分をつかんで振り回している五歳の誕生日。きれいな着物に千歳飴《ちとせあめ》を持っているが、あきらかに泣きはらした跡が窺える七五三。どの写真も見事なまでの仏頂面だった。

もちろん、笑顔いっぱいで写っている写真もあった。だが、それらの写真にはすべて共通点があった。父のシゲルとカメラに収まっている写真では、どれも安心しきった、子どもらしい笑顔を浮かべているのだった。

なかでもイッキの目に留まったのは、おかっぱ頭のイッキが、シゲルの膝の上で絵本を読んでもらっている一枚だった。幼稚園くらいだろうか。おどけた表情で絵本を読むシゲル。そんな父の顔を、絵本から目を離して、膝の上から見上げるイッキ。それは何かのポスターかと思うほど、理想の親子関係を絵に描いたかのような写真だった。

父の顔を見た。親としての慈愛に満ちた表情で、娘を見つめていた。

娘の顔を見た。親に愛されている喜びを、とびきりの笑顔で伝えていた。

「お父さ……」

言いかけて、言葉に詰まった。

八年前まで、彼のことを何と呼んでいたのだろう。お父さん、父さん、親父——いくつもの呼び名が頭に浮かんだが、どれもしっくり来なかった。八年という年月の重みを、あらためて突きつけられた。

「ねえ、イツキ。よく見て」

「ん?」

コズエは写真の中の絵本を指さしていた。

「姉ちゃん、どうしたんだよ」

「このお父さんが読んでる絵本、これって……」

角度的にわかりづらかったが、表紙にはにっこり笑った犬のイラストが見える。

「え、ちょっと待って。そんなこと……」

コズエはテーブルの上にあったイツキからのプレゼントを手に取ると、最後のほうのページにある出版情報を確認した。そこには、「初版：一九八九年二月一日」とあった。それはコズエが生まれた翌年にあたる。イツキとシゲルが収まるこの写真が撮影されたときには、確実に出版されていたことになる。そう言われてみれば、父のおどけた表情は「いないいないばあ」をしているところに見えなくもない。

「違うよ、俺。いや、マジで違うってば」

イツキは何かから逃れるかのように、必死に首を横に振った。その慌てぶりを、コズエは笑いをかみ殺しながら眺めている。

「親子なんだねえ……」

コズエがしみじみとつぶやいた。イツキは仕方なくうなだれている。目を閉じたイツキの脳裏には、シゲルの膝の上で無邪気に笑う写真が鮮明に浮かび上がっていた。

「お父、さん……」

今度は、最後まで、声に出すことができた。

26

生活感がにじむ茶色いテーブルを花柄のテーブルクロスで覆い、その上にデパートの地下で買ってきた料理を並べた。二年ほど前まではクリスマスだろうが延々と残業させられたものだが、最近は喧《やかま》しく叫ばれるようになった〝働き方改革〟のおかげか、二人とも早々に夕方で退勤することができた。

「ねえ、サトカ。クリスマスイブなのに、本当にうちなんかでよかったの?」

「いいの、いいの。今日なんてどこ行ったって気取ったコース料理しか出てこないんだし、それで普段の二倍はするんだから」

そう言ってサトカは手元のワイングラスを引き寄せると、自分で買ってきたイタリア産の赤ワインに口をつけた。

「お、なかなかイケる」

満足そうな笑みを浮かべると、サトカは静かにグラスを置いた。イツキはオリーブオイルとハーブで焼かれたチキンにフォークを刺すと、そこにナイフを差し入れた。ひと口頬張ってみると、デパ地下で買ってきた惣菜《そうざい》とは思えないほどに弾力があり、中から肉汁があふれ出た。

「おお、これもうまい！」

「ほらね、変にレストランで高いお金払うことないのよ」

サトカの買ってきたワインをチキンと合わせると、まるで高級レストランで出てくる料理のように感じられた。

「サトカと過ごすクリスマスも、これで三回目かあ」

「初めてのクリスマスはジン君のところで、去年は……あれ、去年はどうしたんだっけ？」

「去年はあれだよ。サトカが東京タワーに登りたいって」

「そうだ、そうだ。それで行ってみたらすごい混雑で、あきらめて近くでおでん食べて帰るという……」

「クリスマスにおでんも、まあ、いい思い出だよ」

二人して苦笑いを浮かべる。サトカはグラスに手を伸ばし、イツキはサーモンのサラダに手をつけた。

「あ、正月はどうする?」

サトカがチキンを頬張りながら顔を上げると、イツキは動きを止めた。

「私は今年みたいに寝正月でもいいよ。Netflixとかで映画観たりして」

「サトカ、それなんだけどさ……」

イツキはフォークとナイフを置くと、背筋を伸ばした。

「今度の正月、実家に帰ろうかと思うんだ」

「え、実家って……」

「うん……親父に、会ってこようかと思って」

サトカも、ナイフとフォークを置いた。ひと口、ワインで呼吸を整えた。

「そっか」

二人の間に、しばらく沈黙が流れた。

「何、話すの？」

サトカの問いに、イッキはテーブルに視線を落としたまま口を開いた。

「うーん、わかんない」

「そうだよね……」

「子どものこと、頼まなきゃとは思ってるけど、そこまで行けるか、正直わからない」

「うん、わかってる。八年、だもんね……」

イッキは背もたれに体を預けると、うつむいたまま、ぽつりとつぶやいた。

「結局さ、負けてたんだよね。この体に」

「負けてた？」

ジンの生き方を否定するつもりはない。だが、自分自身は新宿二丁目で働くことを拒んできた。もしかしたら、二丁目を選んでいたほうがラクだったのかもしれない。だが、それはどこか運命に左右されているようで癪《しゃく》に障《さわ》った。

「スーツ着て、ヒゲ生やして、サラリーマンとして振る舞って……俺、イケてんじゃん、境遇なんかに負けてないじゃんって思ってた」

「うん、私もそう思うよ」

「でもさ……負けてたんだよな」

「そうなの？」

「俺……気づいたら親父を失ってた」

イツキのまぶたには、二日前にコズエの家で見た写真が焼きついていた。シゲルの膝に抱かれ、無邪気な笑顔を浮かべるイツキ。その親子関係を断ち切ったのは、やはりトランスジェンダーという境遇にほかならなかった。

「いまでも許せないという気持ちが、ないわけじゃない。あんなやつを父親だなんて認めたくないと思ってきたこの八年間の思いも、嘘じゃない。でもさ……」

「うん」

「それって負けてるよね。俺、この境遇のせいで、大事な親父を失ってるってことに気がついたんだ」

イツキはさっきスーパーで買ってきたクリスマス柄の紙ナプキンを、目頭に当てがった。

「どっちが悪いとか、誰のせいとか、そういうんじゃなくて……俺、ただシンプルに、親父を取り戻したい」

「うん……」

サトカの涙声につられて、イツキの視界も滲み出した。

「だから、親父と会ってこようと思う。会って、話をしてこようと思う」

顔を上げると、サトカのマスカラが滲んで、パンダのような顔になっていた。

「バカ……クリスマスイブに、なんて顔にしてくれんのよ」

「あ、ごめん」

口では謝ったものの、サトカの顔を直視したら思わず吹き出してしまった。

「あ、いまのめっちゃ失礼！」

「ごめん、ごめん……く、くふふふふ」

さらに笑い転げるイツキに、サトカは口を尖らせた。

「ねえ、イツキ」

「ん？」

「そしたら、お正月、私も実家に帰ろうかな」

「あ、うん……」

イツキの脳裏に、新宿のカフェでサトカの両親と話した記憶が蘇る。

「私ももう一度、話してみる」

「うん」

「おたがい、頑張ろう」

サトカがワイングラスを高く掲げた。

「うん、頑張ろう」

イツキも自分のワイングラスを持ち上げ、サトカの持つグラスにカチンとぶつけた。

聖夜にふさわしい鈴のようにきれいな音が、リビングにこだました。

27

ＪＲ水戸駅の北口を出てバスに乗った。一月二日ということもあるのか、バスの乗客はイツキのほかに数人がいるだけだった。動き始めたバスの車窓から視線を外にやった。

特に目新しい高層ビルが建っているわけではなかったが、記憶のなかの街並みとはずいぶん風景が違っていた。小学生のときに立ち読みしていた書店も、中学生のときに入り浸っていたゲームセンターも見当たらなかった。代わりにビジネスホテルや全国チェーンの居酒屋などが増えていて、あらためて八年という年月を感じさせた。

五分ほど揺られていると、やがて駅前の繁華街を抜けて住宅街に差しかかった。そこには八年前と何も変わらない街並みが残っていて、なつかしさと、そして苦しさがこみ上げてきた。このあたりを歩いていたときには、セーラー服を着せられていた。「女の子」として振る舞うことを強制されたこの場所では、甘い思い出のかけらさえ見つけることができなかった。

しばらくするとイツキが通っていた中学校が見えてきた。同じクラスに女子バレーボール部の女の子がいた。向こう気が強く、「女のクセに」と言われながらも、男子相手だろうが、教師相手だろうが、言いたいことをはっきりと主張するその態度に惹かれていった。だが、それが恋慕の情であると気づいたとき、イツキはひどく狼狽した。ひとたびその感情を認めてしまえば、自分がこの世の中で異端であるということを追認することになる。

否定しようにも日増しに膨れあがる思いに、胸が張り裂けそうだった。あくまで女友達として微笑みかけてくれる彼女に、「じつは恋心を抱いている」など、罪悪感が邪魔をして到底伝えることはできなかった。「おはよう」と「ありがとう」が言えれば、それで十分だった。生まれて初めての恋には、結局、〝友人〟というフタをして三年間をやり過ごした。

十数年前への感傷的なタイムスリップから、ふと我に返った。中学校を通り過ぎたのなら、実家はもうすぐそこだ。イツキはあわてて降車ボタンを押して、次の停留場でバスを降りた。同窓会があっても一度も帰らなかった町を、八年ぶりに踏みしめた。凍《い》てつくような寒さのなか、イツキは頬を少しだけ紅潮させながら、あたりを見回した。

慣れ親しんだはずの街並みなのに、どこか所在なさを感じさせられた。かつては少女として歩いたこの道を、いまは胸を切除して、ヒゲをたくわえて歩いている。「帰ってきた」という感慨もないことはなかったが、それよりも〝新参者〟としてこの地を訪れているという感覚のほうが上回った。

通りの向こうから見覚えのある顔がやってきた。安藤《あんどう》のおばちゃんだ。二軒となりに住む安藤のおばちゃんは、幼い頃からコズエとイツキの姉妹をかわいがってくれた。あまり愛想のない姉のコズエに、近所の大人たちは素っ気ない態度で接していたが、安藤のおばちゃんだけはコズエに対しても分け隔てなくかわいがってくれていたので、イツキも信頼して、ずいぶんなついていた。

段々と近づいてくる。以前よりも少ししわが増えた印象だ。歩くスピードもこんなに遅かっただろうか。向こうからも識別できるはずの距離に来たが、イツキに気づく様子はない。無理もない。彼女がかわいがってくれていたのは、あくまで「ボーイッシュなイツキちゃん」であり、ヒゲを生やした猫背の青年ではない。イツキはすれ違いざまに軽く会釈したが、安藤のおばちゃんは怪訝《けげん》な顔つきでイツキを一瞥《いちべつ》しただけで、そのままバス通りのほうへと立ち去っていった。

青い屋根の一軒家が見えてきた。次第に鼓動が速まっていくのがわかった。ねずみ色の御影石《みかげいし》を彫り込んだ表札には「山本」とある。八年前と何も変わらない佇まいに、さすがに込み上げてくる想いを感じた。

ここで育った。父と母と、コズエとイツキ。四人の暮らしが、ここにあった。姉のコズエは「山本」から「奥田《おくだ》」になり、娘から母となった。イツキは胸を切り、ヒゲを生やし、「女」から「男」になった。二人の娘は家を出て、人生の針を大きく進めた。父は、母は、この八年間をどう過ごしていたのだろう。

呼び鈴に向かって手を伸ばした。指先にボタンが触れる直前、その手が止まった。正月に帰ることは、仕事納めの日に母へメッセージを送っておいた。だが、それでもどんな顔で二人の前に姿を現せばいいのかわからなかった。

深く息を吸い込む。ゆっくりと吐き出す。イツキは二度、三度と頭を左右に振ると、くるりと背中を向けて、もと来た道を歩きはじめた。

数十メートルほど進んだところで立ち止まると、イッキは再び踵を返した。もう一度、家の前まで戻ってくると、意を決した表情で濃いグレーの重い扉を見つめた。

「スーッ……ハーーーッ」

深呼吸をしたあとで、あらためてチャイムを鳴らした。

「はーい」

インターフォン越しに母であるフミエの声が聞こえる。

「あ、イッキ……です」

「はい、いま行くね」

いつものクセで「俺」と言いかけた。さすがにそれでは母に悪い気がして「イッキ」と言い換えた。

ドアが開いた。エプロンをつけたままのフミエが姿を見せた。

「ただいま……」

「おかえり」

フミエは二、三歩、前に進み出ると、イッキの背中に両腕を回した。母親に抱きしめられるなど、いつ以来だろうか。緊張から小刻みに体が震えていることが、きっと伝わってしまった。

「おかえり」

母のつぶやいた二度目の言葉はずいぶんと耳の近くで聞こえて、イツキの涙腺を刺激した。

「さあ、入んなさい。お父さんも待ってるのよ」

フミエに背中を押されてドアを開けた。玄関に足を踏み入れると、なつかしい匂いがした。

「ただい……ま」

リビングにいるだろう父に向けて声を出したつもりだったが、緊張のせいかほとんど声になっていなかった。

「荷物持とうか」

「いいよ、自分で持つから」

いつまでも子ども扱いをしてくるフミエにいかにも鬱陶しそうな顔をして、いっそ八年ぶりに甘えたくなる衝動を押し隠した。

廊下は外気とそこまで変わらない寒さで、歩くと白い息がこぼれた。たった数歩でリビングへと続く扉へとたどり着いた。

ドアノブに手を伸ばす。振り返る。母が無言でうなずいている。イツキも黙ってうなずいた。

ドアを開けると、一気に暖房であたためられた空気が流れ込んできた。

「ただいま」

今度はなんとか声が出た。

「ん、ああ……おかえり」

父のシゲルは、ダイニングテーブルで不自然に新聞を広げていた。その様子は微笑ましいほどにわざとらしく、かえってイツキの緊張をほぐすのに一役買った。

「これ、東京みやげ」

イツキは東京駅で買ったワッフルケーキの箱をリュックサックから取り出し、机の上に差し出した。

「ああ、すまんな」

シゲルはようやく新聞を下ろして、視線をテーブルにやった。コズエの結婚式以来、約一年半ぶりとなるその顔を、イツキはまだ直視することができずにいた。

「姉ちゃんは帰ってないんだよね」

イツキは着ていたコートを脱いで椅子の背もたれに掛けると、シゲルと向かい合わせになるような形で腰かけた。

「そうなのよ。やっぱりお正月は奥田さんのほうのご実家に行かなきゃいけないみたいで」

母は返事をしながら、キッチンで湯を沸かし始めた。以前はステンレス製の無味乾燥なシルバーのやかんだったが、いまは台所に花が咲いたかのような真っ赤なやかんに替えられていた。

「あけましておめでとう」

口を開いたのは、シゲルだった。

「あ、ああ……。あけましておめでとう」

気後れして声がかすれたが、イッキもあわてて新年の挨拶を口にした。

「あのさ、母さんも手が空いたら、こっちに来て座ってよ。話があるんだ」

「はい、はい」

口にした言葉に、自分でも驚いた。まだ会話らしい会話をひとつもしていない。まずは八年間のブランクを埋めることが先決だと思っていた。それなのに、いきなりサトカのこと、子どもの話を切り出そうとしている自分に焦りを感じた。

イッキが買ってきたワッフルケーキに合わせて紅茶を淹れてくれた母は、三人分のティーカップを用意すると、ようやくダイニングテーブルに腰を落ち着かせた。シゲルは新聞を畳んで脇に置き、黙って腕組みをしている。

「すまなかった」

シゲルは組んでいた腕をほどき、テーブルの上に軽く手をつくと、そう言ってイツキに向かって頭を下げた。

「えっ……」

28

八年ぶりに対峙《たいじ》した父から、藪から棒に「すまなかった」と頭を下げられ、イツキは表情を強張らせた。顔を上げたシゲルの表情はいつになく青ざめていて、細身のフレームの眼鏡は少しだけずり下がっている。

(何がだよ……)

イツキは苛立ちを隠せずに、憮然《ぶぜん》とした表情で腕組みをした。

「私は……無知だったんだ」

シゲルは目を閉じたまま、かすかに唇を震わせてそう答えた。

父の言葉を聞きながら、イツキは八年前の記憶を胸の内で再生させていた。このダイニングテーブルだった。この座り位置だった。二十歳の誕生日を迎えたあの日、父に向かって「息子でいさせてほしい」と告白した。だが、父から返ってきたのは非情な言葉だった。

「お父さんは子育てを間違えたみたいだ」

思い出すだけで、全身の血が逆流していくのを感じた。

シゲルはうなだれたまま、途切れ途切れに言葉を絞り出した。

「二十年間、娘だと思って育てていたわが子に、じつは息子なんだと言われて。そんなバカな話があるかと、あってたまるかと……驚いてしまったんだな」

それは姉のコズエからも言われていたことだった。「溺愛していた娘がじつは息子でした」なんて、お父さんに受け止められるはずがない。コズエはそう言って、父へのカミングアウトそのものに反対をしていたのだ。その反対を押し切ってカミングアウトを決めたのは、他ならぬイツキ自身だった。あれだけ愛を注いでくれる父なら、きっと理解してくれるものと信じきっていた。だが、結果はコズエの言うとおりだった。

シゲルは弱々しい声で、改悛《かいしゅん》の情をこぼし続けている。

「おまえがこの家を出ていって……遅いんだけれど、初めて事の重大さに気がついたんだ。あの子が言ってたことは、気の迷いなんかじゃないのかもしれないって」

そう言うと、シゲルは深いため息をつき、そしてふたたび黙り込んだ。

(なんだよ、それ)

危うく声になるところだったが、寸前で飲み込んだ。

カミングアウトしたその瞬間から理解してほしいというのは、さすがに酷な要求なのかもしれない。だが、「事の重大さに気がついた」のなら、「気の迷いなんかじゃない」とわかってくれたのなら、なぜこの八年間、ずっと扉を閉ざしたままだったのか。もしも後悔の一片でも見せてくれていたなら、こんなにもあなたを憎まずにいられたのに――。

しばらく続いた沈黙を破ったのは、母のフミエだった。

「お父さんね、それから本屋さんでどっさり本を買い込んできて。LGBTとかセクシュアルマイノリティとか、そういうタイトルの本ばっかり。それでね、ある日、『母さん、わかったよ。イツキはトランスジェンダーなんだ』って」

父は視線を落としたまま、黙ってその話を聞いていた。フミエが淹れた紅茶には、もはや誰も手をつけようとしなかった。

フミエが続けた。

「三年前からね、お父さん、あなたの通ってた中学校で一年に一度、特別授業までやってるのよ。当時のPTA会長さんを通じて、『LGBTについて知ってほしい』とお願いして」

「いいんだよ、母さん。そんなことは……」

クリニックで世話になっている高野の姿が重なった。彼もまた、みずからの言葉で息子を追い込んでしまったことに対する自責の念に苦しめられていた。そうした呪縛から少しでも解き放たれるためにクリニックを開業し、多くの若者の相談に乗ってきた高野のように、父もまた中学生に向けて啓蒙《けいもう》活動を行っていることを、イツキはこのとき初めて知った。

（知らねえよ、そんなの……）

あらためて、父の姿をまじまじと見つめた。白髪が増え、額にしわが目立つようになった。還暦が近づいてきているのだから無理もない。あと二年もすれば、長年勤めた印刷会社も去ることになるのだろう。向かいに座る父が、初めて小さく見えた。

「じゃあさ、なんで……なんでいままでずっと……」

イツキは最後まで言い切らずに口をつぐんだ。ここで泣いたら、「許した」ことになってしまう気がした。口を真一文字に結び、睨みつけるような視線を父に送ると、シゲルの瞳が潤んでいることに気がついた。

「弱さだよ……それが、私の弱さ」

シゲルは眼鏡を外すと、指先でそっと深いしわが刻まれた目尻を拭った。父から「弱さ」という言葉が漏れたことに、イツキは驚いた。

「どれだけおまえを傷つけてしまったか、それが理解できたからこそ、どうやって謝ったらいいのか、どんな顔で会ったらいいのか……正直わからなくなってしまって。そうやって逃げているうちに、どんどん月日が経ってしまった……」

消え入りそうな夫の言葉を、母のフミエが引き取った。

「コズエの結婚式のときもね、お父さん、ずっと楽しみにしてたのよ。コズエの花嫁姿はもちろん楽しみだけど、やっとイツキに会える日が来たって」

披露宴でのやりとりを思い返した。軽く会釈したイツキに、父は「おお」とつぶやいた。その後も何か言いたげな素振りを見せていた気もしたが、イツキは凍てつくような眼差しで、父からの言葉を遮断していた。

「お父さん、結局、式の間は何も話せなくって、あなたがそそくさと会場を出て行くもんだから、あわてて追いかけて行ったの。でも、『見失ってしまった』って肩を落として帰ってきたのよね」

「すまなかった……イッキ、この通りだ。情けない父を、どうか許してほしい」

ふざけるな。

理解できたなんて簡単に口にしてくれるな。

結婚式で会えるのを楽しみにしていたなんて勝手すぎる。

中学校で啓蒙活動なんてする前に、もっとやることあるだろう。

八年間、ずっと振り上げてきた拳を下ろすのに必要なのは、懺悔《ざんげ》の言葉なんかじゃない。ただひと言、「愛してる」と言ってほしいだけなのだ。

「ちょっと電話してくる」

イッキは席を立つと、背もたれに掛けておいたコートを羽織ってリビングから出て行った。

29

父の謝罪にたまらず家を飛び出したイッキに、頬を切り裂くような冷たい風が強く吹きつけた。鋭い冷気が心の隙間にまで流れ込んでくるようで、イッキはひとつ身震いするとコートの襟を立てた。つい数時間前まで真上にあった太陽はずいぶんと傾いていて、街全体をオレンジ色に染め始めていた。

席を立つ口実として「ちょっと電話してくる」と言ったものの、特に誰かに電話をする用事はなかった。サトカの声が聞きたいとも思ったが、彼女もこの正月は実家に帰っている。一家団欒《だんらん》のときを妨げるのも気が引けた。

ポケットに手を突っ込むと、スマホに手が触れた。何気なく取り出してみると、メッセージを知らせる通知が届いている。サトカからだった。

〈時間あるとき電話ちょうだい！〉

実家で何かあったのだろうか。イツキは白い息を吐き出しながら、サトカへの通話ボタンをタップした。

「もしもし。あ、サトカ？　うん、俺だけど。どうした、何かあった？」

「ごめんね、電話させちゃって……ご両親とお話し中とかじゃなかった？」

「うん、だいじょうぶだよ」

冷たい風が吹くたび、イツキは小柄な体を一段と縮こませた。ゆっくりと沈んでいく夕陽《ゆうひ》が正面に回り込み、不機嫌そうなヒゲ面を照らし出していた。

「あのね、両親に話したの」

「うん……どうだった？」

「それが意外な反応で」

「えっ」

「今度、あらためて連れてきなさいって」

「えっ……それって」

「うん、私ももっと反対されると思ってたんだけど……なんか拍子抜けしちゃった」

イツキはサトカの言葉を耳にしながら、新宿駅近くのカフェでサトカの両親と交わした会話を思い出していた。

「もしもあの子の幸せを願うなら、身を引いていただけませんでしょうか」

その言葉を思い返すと、スマホを握りしめる手に思わず力が入った。

「ねえ、イツキ。ねえってば……聞いてる?」

「あ、ごめん」

「やっぱり、私が子どもを産むっていうことで、少し安心したみたい。それは親として孫の顔が見れるというのもそうだし、ほら……うちの旅館的にもさ」

「うん、よかった……」

イツキは白い息とともに吐き出した言葉が、本心とはわずかな乖離があることを感じていた。

「イッキのほうは……どう？」

「あ、うん」

「ご両親には、これから？」

「だね」

「そっか……頑張ってね」

「うん、ありがと」

　電話を切った。両手をポケットに突っ込み、アスファルトを見つめながら歩き続けた。このタイミングで電話をかけたことを、少しだけ後悔した。いつしか夕陽は見えなくなっていて、東京よりうんと広い空は美しい茜《あかね》色に染まっていた。

「あっ……」

　思わず声が出た。イッキが子どもの頃によく遊んでいた児童公園に出くわした。近所の公園にはあまり遊具がなく、どうしても物足りなさを感じていた。だから休日になると父にせがんで、自宅から少し離れた大きな公園まで連れてきてもらっていたのだ。当時はもっと家から遠くにあるイメージでいたが、何のことはない。歩いて十五分ほどの距離だった。

　人影の見えない夕暮れの公園に足を踏み入れた。すっかり葉を落とした木々に囲まれた園内をゆっくりと見回すと、息が止まるほどに幼少期の思い出があふれ出た。ふと右側に視線をやった。そこに父がいないことに、どこか不自然さすら覚えた。

両手をポケットに入れたまま、冷え切ったベンチに腰を下ろした。茜色だった空は早くもその色を変化させていて、うっすらと群青色に染まりはじめていた。そっと目を閉じると、どうしてもさっきまで目の前で頭を下げていた父の姿が思い出された。

どうして理解してくれないのだ——。

八年間、ずっと苛立っていた。だが、両親が語った言葉によれば、父は理解に努めてくれていた。その事実を知らず、イツキはずっと苦しんできた。そのことが、余計に腹立たしかった。

目を開けると、そこには三台のブランコがあった。イツキはこのブランコに乗りたくて、この公園まで連れてきてもらっていた。いっそ空まで飛んでいけたらいいのにと思いきり漕《こ》いでいたが、母からは「危ないからやめなさい」と止められた。それからは、傍らで微笑みながら見守ってくれる父を付き添いに選んでいた。

イツキは立ち上がってブランコまで近づいていった。鎖に手をかけ、そっと右足を乗せてみる。揺れに合わせて、ぐいと力を入れると、自然と左足も板の上に乗った。イツキは両手で鎖を握りしめると、しばらく心地よい揺れに身を委ねることにした。

どうして理解してくれないのだ――。

父は「無知だったのだ」と釈明した。振り返ってみれば、八年前のこの町に、まだ「LGBT」という言葉は届いていなかった。イッキだって当事者だからこそ必死にネットで調べたが、そうでなければ、いつ「LGBT」と呼ばれる人々と出会うことができていたのかはわからない。同性愛とトランスジェンダーの違いなど、ひょっとしたら現時点でさえ理解できていなかったかもしれない。当時、五十歳だった父親が、何の前触れもなく、何の予備知識もなく、いきなり娘から「息子なのだ」と告げられたその心情に、イッキは初めて思いを馳せた。

どうして理解してくれないのだ――。

この八年間、ずっと腹の底に沈めてきたはずの感情を、なぜだか正確に再現することができずに戸惑った。その怒りと入れ替わるように、向き合いたくもない問いが、ぼんやりと腹の底にあることに気づかされた。

俺は、親父をどれだけ理解できていたのだろう――。

ずっと扉は閉ざされていた。少なくとも、イッキはそう思っていた。たしかに〝未知との遭遇〟にショックを受けた父は、当初こそ固く扉を閉ざしていたのだろう。だが、いつからか、その扉は開いていた。父は、イッキを息子として受け入れる準備を整えてくれていた。この八年間、ずっと父に背を向けてきたイツキには、それがわからなかったのだ。

ブランコの揺れは、いつの間にか大きなものになっていた。鉄鎖《てっさ》の軋む音が、夕暮れの公園に無機質に響く。イツキは、足元にさらに力を込めた。

「お父さん、ほら見てよ」

「すごいなあ、イツキ」

傍らで微笑むシゲルの声が、二十年ぶりに聞こえてくるようだった。

ポンッ――。

手を離すと同時に足元の板を勢いよく蹴ったイツキは、数メートル先の地面に着地した。一度だけブランコのほうを振り返ると、すっかり群青色に染まった町を、両親の待つ家に向かってふたたび歩き出した。

30

夕方六時を過ぎたばかりだったが、あたりはずいぶん暗くなっていた。等間隔に並ぶ街灯が、道幅の狭いアスファルトを照らす。身を切るような冷たい風に吹かれながら歩くうち、イツキはふたたび実家の前にたどり着いた。もう一度「ただいま」を口にする気まずさを、インターフォン越しに聞こえる母のあたたかな「おかえり」が包み込んでくれた。

リビングに行くと、すでにダイニングテーブルにはおせち料理のお重が並べられていた。

「いまお雑煮あっためてるから」

台所ではエプロンをしたフミエが立ち働いていた。シゲルは椅子にもたれかかって、テレビのニュース番組を眺めている。箱根駅伝は、本命の青山学院大学が敗れ、東海大学が制した。

「青学、敗れちゃったな」

「ん、ああ……」

何事もなかったかのように迎えてくれた二人がつくりだす空気は、まるでTシャツを生乾きのまま着るような心地の悪さがあったが、それが彼らなりの優しさであることは十分に伝わってきた。

「さ、できたわよー。ほら、イツキも座って」

フミエがお盆の上に載せた三つの椀《わん》を運んでくると、シゲルはリモコンを手に取ってテレビを消した。イツキはついさっきまで座っていた椅子に、もう一度、腰を掛けた。

「ごめんね、昨日から食べちゃってるから、いろいろ虫食いだけど」

二十歳で家を出てからというもの、これだけ立派なおせち料理などお目にかかる機会がなかった。去年もサトカと黒豆や栗金団《くりきんとん》など、「らしい」料理を買ってきて、食卓に並べただけで正月気分を味わった。

「いや、十分だよ。いただきます」

イツキは簡単に両手を合わせると、湯気が立ち上っている雑煮から箸をつけた。鶏《とり》肉に椎茸《しいたけ》、大根に人参《にんじん》、そして三つ葉。柚子《ゆず》の香りが心地いい。

「やっぱり母さんのつくる雑煮は美味しいね……」

「あら、なに。そんな褒めてくれたって、お年玉なんてあげないからね」

イツキはどのタイミングでこの気色悪い生乾きのTシャツを脱いでやろうかとタイミングを窺っていたが、ひさしぶりに味わう一家団欒とやらに、もう少しだけ身を置いていたいという感情が芽生え始めていることにも気がついていた。

おせち料理はあまりに品数が豊富で、どれから箸を伸ばせばいいのか目移りした。

そんなイツキの目の前で、シゲルは好物の黒豆に手をつけた。「マメに働けるように」との願いが込められた縁起物は、家族のためにと勤勉に働き続ける父のイメージにぴったりだった。フミエは、干瓢《かんぴょう》を帯に巻いた昆布巻《こぶまき》に箸を伸ばした。「こぶ」は「よろこぶ」に通じる縁起物。振り返れば、運動会の徒競走で一等賞になったときも、小学生時代に習っていた書道で昇級したときも、母はいつも自分のことのようによろこんでくれていた。

迷った挙句、イツキは伊達巻《だてまき》に箸を伸ばした。

「イツキ、ほら見てみろ。伊達巻って中が巻物みたいにグルグルしてるだろ。だからな、これを食べたら、うんと賢くなれるんだぞ」

幼少期に父から言われた言葉が、ふと蘇った。栗金団は金運を願い、田作りは五穀豊穣、煮蛤《にはまぐり》は二枚の貝がピタリと合わさることから夫婦円満を願う縁起物――。すべて、父から教わったことだった。おせち料理だけではない。シゲルは蘊蓄《うんちく》を語るのが大好きで、いつも子どもたちに「これはな」と得意げに説明を始めるのだった。姉のコズエは、「また始まった」とすぐどこかに逃げてしまったが、イツキにとっては父の語る蘊蓄に耳を傾ける時間がそれほど苦にならなかった。

そうだった。イツキの蘊蓄好きは、父譲りだったのだ。

イツキはかつて父に教わった通りの縁起を担いで、数の子に手を伸ばした。

「あのさ……好きな人がいるんだ」

箸でつまんだ数の子を見つめたまま、イツキは低い声でつぶやいた。

「家族になりたいと思ってる」

思わぬ告白に、シゲルは思わず顔を上げた。

「そうなのか……よかった。それはよかった。おめでとう」

父はかすれ気味の声で、しかし祝福を伝えてくれた。そのとなりで母もうれしそうに微笑んでいる。

「こんな自分を、男性として、パートナーとして大切にしてくれてる。二人にも、近いうち会ってもらいたいと思ってる」

二人は、無言でうなずいた。イツキは表情を硬くしたまま続けた。

「ただ……まあ……家族になるといっても、戸籍上は女性同士になるから、結婚することはできない。だから、二人で子どもをつくろうって話してる」

父は、黙って聞いていた。母は、眉間にしわを寄せている。難しい話を聞くとき、母は昔から決まってこの顔をした。

「でもさ、子どもをつくると言っても、これも肉体的には女性同士になるから、二人の子なんてできないんだ。だから、結局は彼女が産むことになる。だけど……それって……複雑じゃん。それ、俺の子だって言えるのかなって」

はじめて両親の前で「俺」と言ってしまったことに少しだけ心が痛んだが、父も母もとくに表情を変えることなく、イッキの話に耳を傾けてくれていた。

「心から自分の子だって安心して育てていくには、血縁の男性から精子提供してもらわないといけないんだ。でも、俺には男兄弟なんていないし、血縁関係のある男となると――」

両親はイッキが進めていく話に途中からすっかり置き去りにされていたことが、母のまるで見当違いな質問によって明らかになった。

「えーっと……それはどなたかの男性に精子をご提供いただいて、それをイッキの卵子と組み合わせるっていうこと？」

「違うよ、母さん。いま一緒に暮らしているパートナーの卵子と、俺の肉親の精子とを受精させるんだ」

「俺の肉親の精子――」

イッキの言葉を、両親は必死に反芻《はんすう》していた。そして、ようやくその言葉の意味を理解したとき、二人はみるみる表情を変えていった。

「おまえの肉親というのは……」

「うん……八年も音信不通になっていて、いきなりこんなことを頼むのはどうかとも思ってる。ただ、自分にとってはそれくらい切実な問題なんだ。父さん、力を貸してほしい」

深々と頭を下げるイツキを、父は怯えるような顔つきで見つめていた。みるみるうちに顔色が青ざめていく。気持ちを落ち着かせようと日本酒が注がれた猪口に伸ばした手は、小刻みに震えていた。そのカーディガンの袖を、横からフミエが軽く握った。

シゲルとフミエは、顔を見合わせる。たがいの動揺が伝わった。

「イツキ、その話題……いまじゃなきゃダメかしら」

母は上ずった声で、イツキに祈るような視線を向けた。

「なんで？」

「イツキに……その、パートナーができたというのはお父さんもお母さんも、すごくうれしいよ。ただ、いまの話はちょっと私たちには刺激が強すぎるというか……うん、ちょっと展開が急すぎて、正直、ついていけてないというか……」

イツキはしばらく考え込んだ後、決意を込めたような口調でこう言った。

「俺は八年間、ずっと父さんに拒まれてきたと思ってた。でも、父さんはそうじゃない、扉は開いていたと言ってくれた。それさ、本当なの？　本当に扉が開いてるなら届いたよね、俺の想い。父さんの答えを、聞かせてほしい」

ずっと頬の内側を噛んで考え込んでいたシゲルは、ついに覚悟を決めたようにうなずいた。しかし、フミエは必死に首を横に振り、目にいっぱいの涙を溜めている。シゲルが、母の震える肩を抱きしめた。

「なんだよ、二人して……」

シゲルはカーディガンの左袖にすがりつくフミエを優しく引き離すと、あらためてイツキに向き合った。

「あのな、イツキ。おまえに伝えなければいけないことがあるんだ」

31

イツキに「伝えなければいけないことがある」と言ったきり、父のシゲルは黙り込んでしまった。口を開いてはみるものの、何かを言いかけては言葉が出ず、また口をつぐむという繰り返しだった。

「なんだよ」

しびれを切らしたイツキが、腕組みをしながら苛立ちをぶつける。

「うん、ああ……」

それでもシゲルは切り出すことができず、ため息をついては、また黙り込んだ。

「母さん、どういうことなの？」

父では埒《らち》が明かないと見たのか、イツキは母のフミエに迫った。だが、フミエも洟をすするばかりで、一向に答えをくれる様子はない。壁時計の秒針が、ただいたずらに時を刻むばかりだった。

「話があるのか、ないのか。はっきりしてよ」

イツキが語気を強めると、ついに観念したようにシゲルが口を開いた。

「すまん……すまん」

消え入りそうな声で謝ると、シゲルは両手を握りしめて膝の上に置き、無理やりに背筋を伸ばした。

「あのな、イツキ……」

シゲルのまっすぐな視線に、思わずイツキの背筋も伸びた。

「私と母さんは……その……おまえと血がつながってないんだ」

「はっ？」

イツキはさっきまでの苛立ちを引きずるかのような荒い声を出した。事態はよく飲み込めていなかったが、心拍数がぐんぐん上がっていることだけは感じ取れた。

「私と母さんは……おまえと血がつながってないんだ」

シゲルが、低い声で、もう一度つぶやいた。

「いや、だからさ……何こんなときに冗談言ってんの？」

冗談ではないことなど、緊迫した空気から十分に伝わっていた。それでも、そう言わずにはいられなかった。冗談であってほしいと心から願ったが、しかし、フミエのすすり泣く声がさらにボリュームを増したことで、その願いは脆《もろ》くも打ち砕かれたことを知らされた。

「ねえ、待って。どういうこと？」

声が震えていた。心拍数はさらに上がっていく。腋《わき》からは大量に汗が流れ出している。

シゲルは目を閉じたまま、ゆっくりと語り始めた。

「本当の親じゃない、などという言い方だけはしたくない。私たちは本当の子どもだと思って、おまえを育ててきたつもりだ。ただ……」

シゲルはそこで言葉を詰まらせた。イツキは固唾《かたず》を飲んで、次の言葉を待った。

「ただ……生みの親は、私たちではない」

糸が、切れた音がした。キーンという耳の奥から聞こえてくる音が、どんどん大きくなっていく。

（生みの親は、私たちではない）

（生みの親は、私たちではない）

（生みの親は、私たちではない）

耳で聞いてもよく意味がわからなかったので、頭の中で文字にしてみることにした。それでも、やっぱり理解ができなかった。思考回路がひどく混線しているようで、どうにも物事を考えることができなくなっていた。

イツキは息継ぎがうまくできず、まるで水中で溺れているかのように言葉を振り絞った。

「それで……じゃあ……生みの親は……どこにいるの？」

シゲルは目をつぶったまま、それだけをなんとか口にした。

「もう、いないんだ。おまえが一歳になる直前……事故で死んでしまったんだ」

シゲルが言い終わると、となりでフミエが声を上げて泣き崩れた。イツキはその姿をただ呆然と眺めていた。

不思議と涙は流れなかった。実の両親が亡くなっていたと聞かされても、顔もわからなければ、名前も知らない。実感が湧くはずもなく、「悲しい」という感情にたどり着くには、幾重にも積み重なった地層をかき分けていくような作業が必要となりそうだった。

シゲルは訥々《とつとつ》と語り続けた。イツキは能面のような表情でそれを聞いていた。


イツキが一歳の誕生日を迎える直前のある秋の日、実の両親とイツキを乗せた車は国道六号線を北から南に向かって走っていた。県北にある祖母宅で夕食を済ませ、水戸市にある自宅へと戻る帰り道だった。渋井町の交差点を左折して、国道五一号線に入ろうとしたそのときだった。対向車線から、一台の乗用車が右折の赤信号を無視して猛スピードで突進してきた。イツキの父は慌ててハンドルを切ったが、わずかに間に合わずに車体の右側に衝突された。車はそのまま左へ流され、さらに別の乗用車と衝突。都合、三台が巻き込まれる大事故となった。

ハンドルを握っていた父は即死。助手席に座っていた母も病院に運び込まれて数時間後に息を引き取った。ただ一人、赤ん坊だったイツキだけが一命を取り留めた。衝突の瞬間、母親が身を挺《てい》して守ってくれたおかげだったという。

父方の祖父母はすでに六十歳を超えていて、これから子育てできるような体力は残っていなかった。母方の祖父はすでに亡くなっていて、保険の外交員を務める五十代の祖母が一人で子育てを担っていくことにも無理があった。両家が相談した結果、イツキには児童養護施設で生活してもらうことになった。そこに待ったをかけたのが、当時三十歳を過ぎたばかりのシゲルだった。

イツキの父だったユタカとシゲルとは高校時代からの親友だった。野球部の同級生で、ユタカがピッチャー、シゲルがキャッチャーだった。甲子園は逃したが、県大会ベスト4まで勝ち進んだ強豪チームの中心として活躍した二人は、卒業後もマメに連絡を取り合っていた。

東京の大学進学後も野球を続けていたユタカが肩を壊して投手生命を絶たれたときも、シゲルは車を飛ばして東京まで赴き、夜通し話を聞いてやった。シゲルの父が癌で亡くなったときも、ユタカは大学の試験をすっぽかして葬儀に駆けつけてくれた。二人は社会人になってからも、月に一度は大洗《おおあらい》まで車を出し、並んで釣り糸を垂らした。

「ユタカの子は、俺が育てる」

そうは言っても、当時すでにシゲルには妻がいて、四歳になるコズエも生まれていた。血のつながる実子と、血のつながりがない親友の子。本当に分け隔てなく愛情を注ぐことができるのか。たとえ自分にそれが可能だったとしても、妻のフミエにまでそのような重荷を背負わせていいものか。悩みは尽きなかったが、それでも親友の忘れ形見をこのまま児童養護施設へ送っていいのか、葛藤があった。

ひとまず母方の祖母に預けられていたイッキに会いに行くことにした。生まれてすぐに顔を見に行って以来、二度目となる対面だった。みずからの未来に立ち込める暗雲など知る由もなく、ただ屈託のない笑顔でシゲルへと手を伸ばす赤ん坊に、シゲルは理屈抜きに顔をほころばせた。

覚悟が、決まった。

それぞれの祖父母には、「自分が責任を持って育てる代わりに、祖父母として名乗り出ることは控えてほしい」と伝え、承諾してもらった。こうして、まだ一歳にも満たなかったイッキは、正式に「山本家の次女」となったのだ。

「そこからは……コズエと分け隔てなく、本当の親だと思って接してきたつもりだ」

シゲルの声はかすかに震えていたが、しかしその表情には凜《りん》とした強さがあった。

「よくわかんない」

「ああ……」

「よくわかんないよ……」

初めて、涙がこぼれた。だが、それがどんな涙なのか、自分でもわからなかった。それは、天涯孤独である境遇に対する自己憐憫《れんびん》なのかもしれなかった。しかし、こうして育ててくれた両親の目の前で、「天涯孤独」などという言葉を思い浮かべてしまうこと自体に、ひどく罪悪感を覚えた。

「なんで……いままで黙ってたの？」

イツキの問いかけに、今度はシゲルに代わって、母のフミエが口を開いた。

「隠してたわけじゃないのよ。ちゃんと言おうと思ってた……」

「だって、現に今日まで隠してたじゃん」

イツキが弱々しく、口を尖らせた。

「あなたがお父さんにカミングアウトしてくれたあの日のこと、イツキ覚えてる？」

「当たり前だろ」

「あなたが『話がある』と言ったとき、お父さんも『話がある』と言ってたでしょ」

「あ、そう……いえば」

フミエはちらりと横目にシゲルへと視線を送ると、ふたたびイツキへと向き直った。

「前から二人で決めてたの……イツキが二十歳になったら伝えようって」

「えっ」

「だけど、イッキが先に話すと言って、結局、ああなってしまった……」

「うん……」

「お父さん、ずっと後悔してるのよ。あのとき、俺が先に話してたら、また違う状況だったんじゃないかって」

「そんなこと……」

イッキの言葉は、最後まで続かなかった。

なぜもっと早くに伝えてくれなかったのだという憤りは、なぜもっと早くに父と向き合わなかったのだというブーメランとなって自分を切り裂いた。だが、知っていたとして、どうなっていたのだろう。知っていたとして、何が変わっていたのだろう——。

その先を考える余力が、いまのイッキには残されていなかった。

「ごめん、ちょっと疲れた……先に休むわ」

イッキはゆっくりと立ち上がると、おぼつかない足取りでかつての寝室へと向かった。

32

ふと目が覚めた。暗闇に包まれた部屋の中で、イツキはスマホを探して毛布から手を伸ばした。指先に、小さな端末が触れる。それを手元にたぐり寄せると、画面から強烈な光が発せられた。あまりの眩しさに思わず目をつぶったイツキは、そこからゆっくりと瞼《まぶた》を持ち上げて視界を取り戻していった。

「もう十二時か……」

イツキはひとりごちると、無造作に放り出したスマホが照らし出す天井をぼんやりと見つめた。まあるい光に照らされた天井に、シゲルとフミエの顔が浮かぶ。

(おまえと血がつながってないんだ)

父の震える声が、脳内で再生された。一定時間が経ったのか、スマホの明かりが消える。天井がふたたび漆黒の闇に染まった。

鼻から大きく息を吸い込み、そして吐き出した。同時に、腹の虫がクーッと鳴った。せっかくのおせちも、ほとんど手をつけずじまいだった。そういえば、シャワーもまだ浴びていない。イツキは毛布をはねのけると、ふたたび手にしたスマホを懐中電灯の代わりにして、なるべく物音を立てないように部屋を抜け出した。

身震いするような寒気のなか廊下を進んでいくと、階下から灯りが漏れてきていることに気がついた。どちらかが消し忘れたのだろうか。足音を忍ばせて階段を下りていったイツキは、リビングを覗き込み、思わず息をのんだ。父の背中が、そこにあった。

足音に気づいたシゲルが振り返った。

「ああ、イツキ……」

「おお」

ダイニングテーブルの同じ位置で、シゲルはひとり晩酌を続けていた。日本酒が入った徳利と猪口、そして黒豆や栗金団が入ったお重の一段目だけが並んでいる。

「まだ飲んでるの？」

「ああ……」

イツキは腕組みをしたままリビングに足を踏み入れると、自分が座っていた椅子の背もたれに掛けたままにしていたコートを上から羽織った。

「おまえも飲むか？」

「ん、ああ……」

イツキはひとまず台所まで行くと、自分の箸と小皿、そして先ほどまでフミエが使っていただろう猪口を持ってリビングに戻った。

イツキが席に着いたのを確認すると、シゲルが徳利を軽く持ち上げた。イツキが無言でつまんだ猪口を差し出す。シゲルが徳利を傾けると、小さな器に清らかな液体が注がれた。二人はたがいに猪口を掲げると、無言で杯を交わした。

「それ、アルバム……だよね」

よく見ると、シゲルの手元にはいくつかの冊子が積まれていた。

「ああ……」

シゲルはしばらく冊子の山を見つめていたが、やがてそのうちの一冊をつかむと、無言でそれを差し出した。イツキは受け取ったアルバムをテーブルの上に置くと、右手に猪口を持ち、左手でウサギのイラストがプリントされた表紙をめくった。

そのアルバムには、幼いイツキが詰まっていた。母に抱かれるイツキ。父に背負われるイツキ。姉のコズエとままごとをするイツキ。どこにでもある、家族の風景だった。

右手の猪口を口元に運び、喉を湿らせてはページをめくる。そんなことを繰り返すうち、ふとイツキの手が止まった。コズエの家で見つけたのと同じ写真が貼ってあったのだ。

シゲルの膝で、父を見上げるイツキ。絵本を片手に、愛情深くわが子を見つめるシゲル――どこから見ても微笑ましい〝親子〟の姿だが、この二人の間に血のつながりはない。その事実を知った上でこの写真を眺めていると、コズエの家で見たときとは、また異なる感情がこみあげてきた。

「あのさ……」

イツキはアルバムから顔を上げ、シゲルの顔を見つめた。

「なんだ」

「育ててくれて……ありがとう」

一瞬、驚いた表情を見せたものの、シゲルは口を真一文字に結んでいる。やがて、父の頬にひと筋の涙が伝った。

「当たり前だろう……親なんだから」

厳しい表情を崩さぬまま父が発したその言葉に、イツキは「うん、うん」と二回うなずくと、強く唇を嚙み締めた。そうしていないと、父の涙が伝染してきてしまいそうだった。

「父さん」

「ん？」

「俺もさ……なれるのかな」

父は猪口に伸ばしかけた手を下ろし、イツキの次の言葉を待った。

「親ってやつに」

答えは、すぐに返ってこなかった。それは、この二十数年間の葛藤を振り返っているのかもしれなかった。

「ああ」

しかし、数十秒後に返ってきた答えは、とても力強いものだった。

それからしばらく無言で酌み交わしていた二人だったが、しばらくしてシゲルがぽつりとつぶやいた。

「おまえとこうして飲める日が来るとはなあ……」

「うん」

「息子と飲むというのも、いいもんだな」

その言葉に、イツキは身を固くした。手にしていた猪口を置き、目を見開きながらシゲルの顔を正面から見つめた。

「………息子で……いいの？」

父は、このときはじめて微笑んだ。

「私が父で、いいならな」

その表情は、アルバムで見た父の顔と、何ひとつ変わらないものだった。

「ごめんなさい……父さん、ごめんなさい……」

その場で泣き崩れるイッキ。父は席を立つとイッキの後ろに回り込み、その震える背中を抱きしめた。

「おまえを……愛してる」

イッキは背中に父の温もりを感じると、一段と激しく嗚咽した。

「もっと早くに伝えられてたらよかったのにな……ごめんな、イッキ」

イッキは肩を震わせながら、何度も、何度もうなずいた。

33

ひっそりと静まり返った新宿二丁目の街を、イッキはコートの襟を立てて歩いていた。ほぼすべてのネオンが消えた雑居ビルの階段を上がると、ジンの店だけがドアに正月のしめ飾りを掲げていた。

多くのＬＧＢＴ当事者が集う二丁目では、ほとんどの店が大晦日《おおみそか》から元旦にかけてカウントダウン営業を行い、そこから正月休みへと突入する。だが、一年のうちで最も「家族」を意識させる正月というイベントは、一部の当事者にとって最も孤独を感じさせる時期でもある。

両親にカミングアウトしていなければ、実家に帰っても「結婚はまだか」「いい人はいないのか」と不毛な質問攻めに遭う。以前とは容姿が激変したトランスジェンダーは、実家に出入りする姿を見られるだけで近所からくだらない風評を立てられ、結局は両親に迷惑をかけることになってしまう。

帰りたくても帰れない――。「正月くらい帰ってきて顔を見せてよ」という親からの電話に、「忙しいから無理だよ」と返しつつ、自宅のリビングでひとり過ごす正月はあまりにも長い。

ジンはそうした人々にこそ居場所を提供したいとの思いから、開店以来、ずっと三が日は休まず営業することにしていた。一度、「ジンだって、たまには正月をゆっくり過ごしたいだろう」と水を向けたことがあるが、栗色の髪を短く刈り込んだ親友は、「常連客がしんどい思いしてんのに、見捨てられねえだろ」と照れくさそうにつぶやいていた。

「あけましておめでとう。悪いな、開店前に」

「今年もよろしくな〜。なんか飲むか？」

「ん、ああ……」

イッキの返事を聞いたジンは、オーダーを取ることもなく、いつも通りに〝ゴッドファーザー〟をつくりはじめた。

「いつ帰ってきたの？」

「今日だよ。ていうか、たったいま」

「サトカのとこに帰らなくていいのかよ」

「あいつも正月は実家に帰ってて、明日戻ってくるんだ」

「そっか……お疲れさん」

ジンはやけに穏やかな口調で、そっとアーモンド香るロックグラスを差し出した。グラスの中央では、いびつな形の氷がひときわ存在感を放っていた。

「ああ……」

イッキは受け取ったグラスにしばらく口をつけず、両手で包んだままじっとグラスの中の氷を見つめている。サーバーからビールを注いだジンは、イッキを横目に唇を泡まみれにして喉を潤していた。

「で、ちゃんと話せたのか？」

「うん、話せたよ」

「そっか、よかったな……八年ぶりか」

ジンが親友の八年間に想いを馳せるあいだに、イツキはようやく甘く濃厚なカクテルに口をつけた。

「それで……例の話も切り出せたのか？」

「ああ、話した」

「おお……で？」

カウンターの中から身を乗り出すようにして耳を傾けるジンに、イツキは困ったような笑顔を浮かべながらつぶやいた。

「血が、つながってないそうだ……」

「え、何だよそれ。どういうこと？」

混乱するジンに、イツキは父から聞いた話を、低い声で、とても落ち着いた口調で、丁寧に伝えた。

話を聞きながらみるみるうちに顔面蒼白《そうはく》になっていったジンは、心を落ち着かせるため、ひとまず手元にあったビールを飲み干した。

「てことは……もう絶望的じゃん」

思わず口をついて出たジンの言葉に、しかしイッキは意外な反応を示した。

「俺も、最初はそう思った」

「最初は？」

「うん。でも……いまは、むしろ希望が持てるなって」

「どういうこと？」

今度はイッキが手元のグラスを口に運んで、唇を湿らせた。

「俺と親父は、血がつながってなかった。だけど、親父は……俺のこと愛してくれてた」

「ああ」

「サトカと子どもをつくるには、俺とも血がつながってなきゃと思ってた。それは何て言うか、強迫観念みたいな……」

「うん、気持ちはわかるよ」

「でも……関係ないのかなって。父さんも、母さんも、血のつながらない俺をこんなに愛して、こんなに大切に育ててくれた。だったら……俺にもできるかなって」

ジンは「ああ」とだけ言うと、突然、下を向いてキッチンの整頓を始めた。そして一度だけ、二の腕の袖の部分で目尻を拭った。

しばらく黙り込んでいたジンだが、やがて思い出したように口を開いた。

「おまえが仕事で遅くなるとき、たまにサトカが一人で飲みに来るだろ」

「ああ」

「そのときは、ビール飲むんだよ」

「うん」

「おまえといるときはゴッドファーザー飲むけど、一人で来るときはビール飲んでるんだ」

「どういうこと？」

今度は、イツキが身を乗り出すような格好になった。

「半年くらい前だったかな。俺、聞いたことあるんだ。なんでイツキといるときはカクテルなのに、一人で来るとビールなんだって」

「うん」

「そしたら、あいつ、『ビールが好きだから』って。ゴッドファーザーは、ただのメッセージなんだって」

「メッセージ？」

ジンの言葉に、イツキは手元にあるグラスに注がれた琥珀色の液体をじっと見つめた。

「おまえ、ゴッドファーザーの映画は観たことあるよな？」

「ああ、もちろん。あのマフィア映画だろ」

「あれをマフィア映画ととらえてるようじゃ、サトカのメッセージには一生気づけないだろうな」

「うるせえな。もったいぶらずに、早く言えよ」

イツキはからかうようなジンの口調に、口を尖らせた。

「あれはマフィア映画なんかじゃない。愛の物語なんだよ」

「愛の物語？」

「パートⅠに出てくるドンはさ、血のつながった本当の家族だけじゃなく、自分の仲間たち――いわゆるファミリーにも分け隔てなく愛を注ぐだろ。だから、誰からも愛され、そして死んだときもみんなから悼まれる」

「うん」

「ところが、その跡を継いだ息子のマイケルは、抗争を勝ち抜くために仲間はおろか、家族さえ後回しにしてしまう。その結果、絶大な権力を手にするけど、最後は孤独に死んでいく」

「だから、何が言いたいんだよ」

イツキは苛立ちを隠せずに、語気を強めた。

「愛なんだよ」

「は?」

「血がつながってるとか、法律上の家族かどうかとか、そんなことは関係ない。とにかく、大事なのは愛情を注ぐこと。それを貫くことができれば、いくらだって〝家族〟になれる。サトカがおまえに伝えたかったのは、そういうことなんじゃねえのか」

イツキはもう一度、グラスの中の液体をじっと見つめた。あれだけ大きかった氷の塊が、溶けてひとまわり小さくなっている。

「考えすぎだろ、それ……」

うっすらと笑みを浮かべながら、イツキは洟をすすった。

「明日、サトカが帰ってきたら、しっかり抱きしめてやれよ」

ジンは、またしてもからかうような口調でイツキを冷やかした。

「ばーか。おまえに言われなくたって、そうするわ」

34

黒いロングコートに身を包んだサトカが、鳥居の向こうから手を振りながら歩いてくる。イツキは境内に設置されたベンチに座ったまま、軽く手を上げた。冬晴れの空は絵の具で塗ったように青く、吐く息の白さとのコントラストは新年の清々《すがすが》しさを感じさせた。

「ごめんね、お待たせ」

「あれ、荷物は?」

「ああ、いったん家に置いてきた」

「なんだ、言ってくれれば手伝ったのに」

湯河原にある実家から帰ってきたサトカと待ち合わせたのは、二人が住むマンションから徒歩数分の距離にある小さな神社だった。

正月に二人でこの神社を訪れるのも恒例になりつつあった。明治神宮のような、いわゆる有名どころで初詣しなくていいのかと尋ねるイツキに、「ご近所の神様のほうがご利益ありそうな気がするから」とサトカが答えてから、三度目の正月だった。

二人は石段を上って、賽銭《さいせん》を投げ込んだ。イツキが頑丈そうな麻縄を手に取って揺らし、鈴を鳴らす。深く頭を下げ、二回、手を叩いた。この二年は「いつまでもサトカと過ごせますように」と祈ってきたイツキだったが、今年はどんな祈りを捧《ささ》げるべきか逡巡《しゅんじゅん》していた。両親の顔が浮かんだ。自分を生んでくれた両親のことも想った。そして、まだ見ぬわが子のことも――。

「家族が幸せになりますように」

そう祈ると、もう一度、深く礼をしてから石段を降りた。

「ちょっと、座ろっか」

イツキは、ついさっきまで腰掛けていたベンチに向かって歩き出した。サトカがその後に続く。二人はそこに腰を下ろすと、静かに境内を眺めた。

三が日が過ぎたとあって、初詣に訪れる参拝客の姿もまばらだった。犬の散歩に訪れた初老の男性と目が合う。軽く頭を下げると、会釈を返してくれた。鳥のさえずりが、耳に心地よい。

サトカは、イツキの言葉を待っていた。八年間も関係を絶っていた父との間でどんな会話が交わされたのか。しかし、電話で「直接会ったときに話したいんだ」と言われていた。

「血がつながってないんだって」

「えっ……」

あまりに衝撃的な言葉で切り出されたイツキの話に、サトカは息をのみながらも黙って耳を傾けた。深夜の和解に至るまで、最後まで話を聞き終えると、たったひと言、

「そうなんだね」とだけつぶやいた。

「そうなんだ……って、驚かないのか？」

「ううん、驚いてるよ」

「そっか」

しばらく宙を見つめていたサトカが、ぽつりとつぶやいた。

「よかったんじゃないかな……」

「え、何が？」

「イツキはさ、血のつながっているお父さんに、愛されてないと思ってたんだよね」

「ああ……」

「でもさ、実際には血のつながっていないお父さんに、愛されてた……」

「ああ……うん」

「よかったんじゃないかな……」

イツキは突然立ち上がった。境内の隅に設置された自動販売機まで歩く間、サトカが口にした言葉を必死に頭の中で反芻した。この二日間、自分では拾い集めることに苦戦していた感情の粒子を、サトカは編集者らしく、瞬時にひとつなぎにして言語化してみせたことに、素直に舌を巻いた。イツキが缶コーヒーと緑茶を買って戻ると、サトカは「うーん……」と迷った挙句、コーヒーを手に取った。

二人はしばらく手元の飲み物で暖を取った。「そろそろ帰ろうか」とは、どちらも言い出さなかった。新年を祝う太い注連縄《しめなわ》で飾られた鳥居を見つめながら、二人はきっと同じことを考えていた。

先に切り出したのは、イツキだった。

「なあ、サトカ……」

「ん?」

イツキは澄みきった空を見上げながら、ベンチから立ち上がった。

「子ども、つくろう」

「えっ……」

サトカは大きく目を見開いた。イツキは照れ隠しに、右手の指先でヒゲをなでている。低い位置にある冬の太陽がイツキを向こう側から照らしだし、細身のシルエットを浮かび上がらせていた。

「無理……してない？」

「ああ。家族に、なりたいんだ……」

ベンチで缶コーヒーを握りしめるサトカを、イッキは目を細めて見守っていた。それが法律上は何の意味もなさないプロポーズだったとしても、胸の奥からこみ上げる感情にはこれまでの人生では味わったことのない成分が含まれていた。

「ただ、計画は変更かな……」

「え？」

「親父じゃなく、精子バンクにお願いしようかなと思ってる」

サトカは顔を上げたが、逆光でいまひとつその表情を読み取ることができなかった。

「どうして……だって、せっかくお父さんと和解できたのに」

「こだわりを捨てられた気がするんだ」

「こだわり？」

「やっぱり血がつながっていないと、わが子として愛せないんじゃないかと思ってた……。だけど、関係ないのかなって。親父だって、血がつながってない俺をこうして愛して、育ててくれたわけだし」

「うん……」

「まあ、俺自身がこだわりを捨てられたというより、まわりの人がじわじわと溶かしてくれた感じかな」

イツキはそう口にしながら、〝ゴッドファーザー〟の中に沈む氷の塊が、少しずつ溶け出していく様子を思い浮かべていた。

「血のつながりなんて関係ない。俺たち、きっと家族になれるよな。絶対になれる。絶対に……」

力強く言葉を発していたはずのイツキの声が、次第に震えていく。

「うん、だいじょうぶ。絶対になれるから」

サトカが、そっと手を差し出した。イツキがその手を握りしめると、コーヒーに温められた以上のぬくもりが伝わってきた。

35

「あっ、そうだ」

境内のベンチでしばらく手を取り合っていた二人だったが、サトカは何かを思い出したように、コートの内ポケットに手を突っ込んだ。

「イッキのお姉さんの名前って、コズエさんだっけ?」

「ああ、そうだよ」

「なんかお姉さんからイッキ宛てに封書が届いてた」

そういうと、サトカは懐から一封の白い封筒を取り出した。

「え、年賀はがきでもなく、封書?」

「うん、家帰ってからでもいいかなと思ったんだけど、万が一急ぎだといけないから、一応持ってきた」

「なんだろ……でも、急ぎならケータイに連絡してくるだろ」

「ああ、たしかに……」

イッキは怪訝な顔つきで封筒を受け取ると、上辺を破いて中身を取り出した。便箋三枚に綴られたメッセージを細い目で追いかける。すべてを読み終えたイッキは、左手で目頭を押さえていた。

「何かあったの?」

「ん……いや、特に……」

無言でイッキが差し出した便箋を、サトカは戸惑いながら受け取った。

「私も……読んでいいの？」

またしても無言でうなずくイッキの返答を確認して、サトカは静かに文面に視線を落とした。そこには几帳面な性格を窺わせる、まるで活字のような整った文字が並んでいた。


あけましておめでとう。お母さんから聞きました。めでたし、めでたし、とは言えないかもしれないけど、ひとまずはお父さんと和解できたようで安心しました。

私があなたと血のつながりがないことを聞かされたのは、あなたが家を出て行った直後のことでした。もちろん、まったく驚かなかったと言ったら嘘になるけど、不思議とショックというものはありませんでした。やっぱり、その前に〝妹〟だった人が〝弟〟になったのを経験してるからかな。

あなたが私にカミングアウトしてくれた日のこと、覚えてる？『ごめん、姉ちゃん……ごめん』って目の前で泣きじゃくって。あの日、思ったんだよね。なんでこの子は泣いてるんだろうって。妹だと思ってた子が弟だったとして、いったい何が変わるんだろうって。考えてみたけど、別に何も変わらなかった。さすがにこの子の前で着替えるのはやめとくかなと思ったくらいで。

あなたは妹なのか、弟なのか。血がつながっているのか、いないのか。ちょっと混乱した時期もあったけど、結局、私が行き着いた答えはひとつ。大切な家族だってこと。それはお父さんにとっても、お母さんにとっても同じだと思うよ。お父さんは不器用だから、それを伝えるのにずいぶん時間がかかっちゃったみたいだけど。

だから、お母さんから聞いたパートナーとのことも応援します。おめでとう。結婚のことも、子どものことも、あなたたちがどういう結論を出すのかはわからないけど、二人が家族になることを心から祝福します。

家族って、なんだろうね。でも、少なくともいちばん大切なのは血のつながりなんかじゃないと思うよ。だって、あなたがそれを証明してくれたもん。弟よ、どうぞお幸せに。

サトカは手紙を読み終えると、そっと目尻を拭って便箋を返した。

「素敵なお姉さんだね」

「ああ……」

イツキはぶっきらぼうな答えとは裏腹に、サトカから受け取った便箋を丁寧に封筒へ戻すと、それを大事そうにコートのポケットにしまい込んだ。

「そう言えばさ……ひとつ頼みがあるんだ」

「何？」

「近いうちに……墓参りに付き合ってほしいんだ」

「お墓参り？」

「ああ……生みの親の……」

「うん、もちろん。私が一緒でいいの？」

イツキは少し前かがみになると、緑茶のペットボトルをじっと見つめた。

「水戸から車で三十分くらい行ったところにあるらしいんだ。場所は教えてもらったんだけど……なんか一人で行く勇気がなくて。墓前に立ったら、俺……わかんないけど自分自身が崩壊するというか、感情をコントロールできなくなるんじゃないかって」

「うん」

「だから、サトカと行けたら……こうして家族ができましたって、胸張って報告できたらなって」

「私も行きたい。イツキを生んでくれてありがとうって、お礼言わなきゃ」

イツキが、そっと手を差し出した。缶コーヒーから片手を離したサトカが、その手をしっかり握りしめた。

「うちの両親も、あらためて会いたいって。急がなくていいから、湯河原にも会いに来て」

「そうだね。ちゃんとご挨拶しなきゃ」

少しずつ西に傾いた太陽が、鳥居の影をさっきよりも長く延ばしていた。

「よし、行こっか」

サトカはすっかりぬるくなった缶コーヒーを持って立ち上がった。

「だな」

イツキがあわせて立ち上がる。二人は手をつないだまま歩き出した。

「ねえ」

「ん？」

鳥居をくぐり抜けた頃、サトカがいたずらっぽくイツキを見つめた。

「やっぱり、ここの神社、ご利益あるよ」

「なんで？」

「だって私、いちばん初めここに来たとき、『イツキと家族になれますように』ってお祈りしたんだもん」

36

学生たちの春休みと年度末決算が重なる三月末は、旅行業界きっての繁忙期。ひっきりなしにかかってくる電話に応対し、各所から届くメールに返信していると、イツキのデスクの上に置いてあったスマホが震えた。

「陣痛が始まったみたい。そろそろ病院に向かうね」

サトカからのメッセージに、イツキはスマホを握りしめたまま、思わず立ち上がった。職場の同僚たちの視線が一斉に注がれたのに気づくと、イツキは小さな声で「あ、すみません……」とつぶやき、ゆっくりと腰を下ろした。

「ヤマモト、いよいよか！」

「はい、いよいよみたいです」

ハリさんの声に、イツキは照れくさそうにうなずいた。

「よし、急いで行ってこい」

「え、いいんですか……」

せわしなく業務に勤《いそ》しむ同僚たちに、イツキは遠慮がちな視線をやった。猫の手も借りたくなるような忙しさの中でひとり戦線離脱することが、どれだけ周囲に迷惑をかけることかは痛いほど理解している。しかし、職場の仲間たちは、そろって祝福の笑顔を浮かべてくれていた。

「みなさん……ありがとうございます」

もう一度立ち上がって深々と頭を下げるイッキに、タクヤが右の手のひらを差し出した。そこに向かって、イッキがパチンと自分の手のひらを重ね合わせる。

「先輩パパとして、いろいろ教えてくれよな」

「おう、任せとけ」

イッキはパソコンを閉じ、スマホをポケットにねじ込むと、ふたたび同僚たちに向かって深く頭を下げた。

「ヤマモト家の安産を祈願して、みんなで万歳三唱でもするか」

「ハリさん、やめてくださいよ。戦地へ出兵するわけじゃないんですから」

この三年間でさらに体重を増加させたふくよかな上司は、「そうか……」と物足りなさそうな表情を浮かべながらも、気を取り直して音頭を取った。それに合わせて、同僚たちがイッキに向かって思いのこもった拍手を送った。

職場を出て、駅までの慣れた道を歩き出す。無意識のうちに、ぐんぐん歩幅が広がる。通行人を次々と追い抜いていく。あっという間に駅へと着いた。自動改札でスイカをかざすが、なぜだか反応しない。二度、三度とかざして、ようやく通り抜けた。

午後の地下鉄には、朝の通勤ラッシュ時とはまるで別世界の穏やかな時間が流れていた。イツキはドア付近にもたれかかり、ポケットからスマホを取り出そうとしたが、すぐそばにベビーカーの親子連れがいるのに気がついた。

「何ヶ月ですか?」

本来は人見知りであるはずなのに、気づくと自分から話しかけていることに驚いた。

「四ヶ月です」

「へえ、かわいいですね」

イツキは天使のように愛らしい赤ん坊の笑顔が見たくて、とっさに変顔をしてみせた。ベビーカーの中の天使はちょっと驚いたような顔をしたかと思うと、今度はすぐに笑顔が浮かんだ。そのくるくると変わる表情の変化にすっかり心を奪われたイツキは、さっきとはまた違うおどけた顔をしてみせた。そんなことを繰り返していると、まもなく地下鉄が駅のプラットホームに滑り込んだ。

地下鉄の駅を出て、サトカの待つ病院へと向かう。すっかり通い慣れた道のりを歩きながら、イツキはこの三年間の歩みを振り返っていた。

サトカと二人でパソコンの画面を見つめながら、震える指先で精子バンクのサイトへアクセスした。見ず知らずの素性もわからない男性の精子がサトカの卵子と交わることに、胸を焼かれるほどの苦しみがあった。

なぜ自分の肉体からは精子を生み出すことのできないのか。なぜ自分は男性として生まれてきたはずなのに、女性の肉体を与えられてしまったのか。なぜそんな神の手違いのような境遇のせいで、愛するパートナーの子宮に赤の他人の精子が侵入してくることを受け入れなければならないのか。幾度となく我が身を引き裂きたいほどの衝動に駆られたが、それでも前に進むしかなかった。

保険が適用されない体外受精に三度続けて失敗し、百万円近くが水泡に帰した。貯金も底をつき、あきらめかけていたところに、サトカの両親が「どうしても跡継ぎが欲しいから」と資金援助をしてくれた。そうして手にした四度目のチャレンジで、ようやく妊娠という生命の奇跡にたどり着けた。

「なんでここまでして……」

心が折れそうになったことは、一度や二度ではない。しかし、サトカは「もうやめよう」とは口にしなかった。精神的なダメージだけでなく、肉体にかかる負荷も相当なものがあるはずだった。それでもサトカは、母になるという意志を決して曲げようとはしなかった。

大学病院の正門に到着すると、イツキは空を見上げ、大きく息を吐き出した。

「ふう」

四月を待ちきれないのか、昼下がりの陽光はすっかり春らしい色彩を帯びていた。院内の駐車場には何本もの桜が植えられている。ふと視線を上げると、力強い生命の息吹を感じさせる蕾《つぼみ》はいよいよ膨らんで、薄紅色の美しい花びらを開く準備に入っていた。

エレベーターで五階に上がる。壁の表示に従い、陣痛室へと向かった。廊下を奥まで進むと、カーテンで仕切られている部屋が三つあるのが見えた。いちばん右側のカーテンの奥から、サトカの話し声が聞こえる。

「あ、イツキです」

間違いがあってはいけないので、一応外から声をかけた。カーテンを開けてくれたのは、昨日からイツキの家に泊まり込んでいたサトカの母、順子だった。

「あら、イツキさん。早かったわね」

「はい、会社のみんながもう行っていいからと送り出してくれて」

順子に挨拶を済ませて部屋の中を覗くと、ベッドには水色のマタニティガウンを着たサトカが座っていた。

「イツキ、お疲れさーん。ホント、早かったね」

「あれ、寝てなくていいの？」

「うん、初産だとまだここから長くかかるみたい。ほら、いまから横になってたら飽きちゃうじゃん」

「うっ」

サトカらしい答えに、イツキは思わず苦笑した。

突然、サトカが顔をしかめる。

「え、だいじょうぶ？」

「うう……はあ。まだね、これが十分おきくらいに来るの。この間隔が一分とかになって子宮口が開いてきたら、いよいよ分娩室《ぶんべん》に移るんだって」

「そっか」

イツキは病院に到着してからというもの、自分の体が宙に浮いているのではないかと思うほど落ち着きを失っていた。だが、サトカの初産とは思えないほど堂々とした態度にようやく平静を取り戻しつつあった。

「うーん、いまのうちトイレ行ってこようかな」

「あ、一緒に行こうか？」

「ありがと。でも、まだ一人で平気」

サトカがカーテンの外に出て行くと、部屋にはイツキと順子だけが残った。茶色いソファに腰掛けた義母は、あらためてイツキに顔を向けた。

「イツキさん」

「はい」

「いよいよね」

「ですね……」

「ここまで、長かった……」

「はい……」

三年前に湯河原の実家を訪れ、パートナーとして生きていくこと、子どもをつくることを報告してからは、順子も宗弘も徐々に態度を軟化させた。一年目には何度か食事を共にし、二年目には「お義父《とう》さん」「お義母《かあ》さん」と呼べるようになり、そして三年目の正月には旅館の手伝いをした。いまでは、すっかり婿のような扱いを受けている。

「イツキさん、初めて会った日のこと……覚えてる？」

「あの、新宿のカフェの」

「そう、あのときはごめんなさいね。娘と別れろ、だなんて言って」

「いえ、なんというか……当然だと思います。親として」

イツキはそう言いながら、頬の内側を軽く噛んだ。

「あの日の帰り道ね、私、初めてあの人が泣くところを見たの」

「え、あの人……って、お義父さんですか?」

「そう。私に向かって、『かあさん、私たちはいったい何を守ろうとしてるんだろうね。いい青年じゃないか』って」

「お義父さんが……」

イツキは胸を詰まらせながら、最近はずいぶんと白髪が目立ってきた生真面目そうな義父の顔を思い浮かべた。

「いまではね、お酒を飲むとこう言うのよ。俺にもやっと息子ができてうれしいって」

「そんな……」

カーテンが開いた。

「二人でなに話してるの?」

「何でもない。あなたの悪口よ」

「え、ひど……ちょっと、イツキ、どういうこと？」

「えっ、いや。お義母さんとのナイショだよ」

「ええ、何それ……ううっ……ううっ……はあ……」

サトカの顔が苦痛に歪《ゆが》む。

「ふう……ふう……ちょっとずつ、間隔も狭まってきたみたい」

イツキはそっとサトカのふくらんだお腹に手を当てると、ゆっくりとなで回した。

37

昼過ぎには陣痛が始まったものの、一向にそのペースは速まることがなかった。イツキは長期戦になることを覚悟し、翌朝は病院からそのまま出社できるよう、ひとまず荷物を取りに自宅へ帰った。

夜九時過ぎ。病院へと戻ると、そこには水戸からシゲルとフミエが、湯河原からは宗弘が駆けつけていた。決して広いとは言えない陣痛室はすでにすし詰め状態で、サトカも含めた五人でおしゃべりに花を咲かせていた。

「ああ、イッキ君。いよいよだねえ」

「何よ、イッキ。そんなところでボーッと突っ立って」

フミエに促されて部屋に足を踏み入れたイッキだったが、その光景にはどうしても込み上げてくるものがあった。

サトカは、問題なく気に入られた。イッキも、多少の時間はかかったが受け入れてもらうことができた。最後に残ったのが、両家の顔合わせだったが東京に呼び寄せ、何度か食事をするうち、ぎこちなかった空気も次第にほぐれていった。

当初、フミエは「血のつながりもないし、法的なつながりもない。それなのに『うちの孫』だなんて呼んでいいのかしら」と葛藤を口にしていたが、出産が近づくにつれ、祖母としての役割を静かに受け容れたように見えた。また、宗弘にしても、将来的な旅館の跡取りにイッキを据えるべきかはまだ悩んでいたものの、新たな家族を迎え入れるという現実に、むしろ喜びを感じているようだった。両家とも、いまでは〝親類〟と呼べる間柄にまでなれた。

「もう、みんなして駆けつけて、ホントに大げさなんだから」

サトカは顔をほころばせながら、あえて口を尖らせてみせた。

「違うわよ、みんなサトカちゃんのことが心配なわけじゃなく、一刻も早くヒカリちゃんに会いたいだけ」

「なにそれ。お義母さん、ひどい〜」

お腹の子には、光《ひかり》と名づけていた。男の子だろうが、女の子だろうが、しばらく育ってみないと本当の性別はわからない。ならば、どちらの性別でも困らないような名前にしようとイツキが提案した。

以来、サトカも、イツキも、そして水戸や湯河原の〝祖父母〟も、サトカのお腹に向かって「ヒカリ」と呼びかけていた。生物学上はひとまず男の子だと判明したヒカリはとても元気がよく、名前を呼ばれるたびに内側からサトカのお腹を蹴って返事をした。

「ううっ……うううう……」

会話の途中、サトカが腰のあたりを押さえて呻き声を漏らした。

「だいぶ間隔が狭まってきたね……」

「うううう……うううう……」

くぐもった呻き声が、これまでよりも長く続く。

「そろそろかね……もう破水からずいぶん時間が経つし」

「僕、助産師さんに知らせてきます」

イッキの知らせを聞いてすぐに駆けつけたベテラン助産師の米倉《よねくら》は、手慣れた様子でサトカを寝かせて、子宮口の開き具合を確認した。

「うん、もう十分に開いてきましたね。そろそろ分娩室に移りましょうか」

サトカが無言でうなずく。

「サトカちゃん……」

「サトカ……」

シゲルとフミエ。宗弘と順子。それぞれが祈るような視線で、米倉に付き添われて分娩室へと向かうサトカを見送った。

立ち会い出産を希望していたイツキは、米倉から手渡された付き添い者用のガウンをワイシャツの上から羽織ると、急いでサトカの後を追った。分娩室に入ると、中央に設置された分娩台の上にサトカが寝かされるところだった。

「はい、じゃあお父さんはこちら側に来て、お母さんのサポートお願いしますね」

病院側にはあらかじめ事情は話しておいた。万が一のことがあったとき、手術などの手続きには〝配偶者〟のサインが必要だったからだ。ふたりが法律上の夫婦でないことを伝えても、米倉をはじめとする病院のスタッフは、「いまどき事実婚のご夫婦なども いらっしゃいますから」と特に意に介する様子はなかった。まだ子どもが生まれていない状態で「お父さん」、「お母さん」と呼ばれるのはどこかくすぐったくもあったが、ほかの夫婦と同様に扱ってもらえることが何よりうれしかった。

米倉はベテランらしく、手際よく出産の準備に取りかかっている。その落ち着き払った様子が、いよいよ初産を迎えるサトカにとっても、しっかりサポート役をこなせるか不安に思っていたイツキにとっても、この上なく頼もしく感じられた。

「ひっ……うぐぐぐ……ううっ……」

分娩台の上で横になったサトカが、これまでとはあきらかに様子の違うトーンで大きな呻き声を上げた。

「えっ、サトカ。だいじょうぶ？」

「だいじょうぶですよー。こうした痛みが断続的に来ますからねー」

激しい陣痛に苦しむサトカに代わり、米倉が笑顔で答えてくれた。

「そうなんですね……」

それでも苦痛に顔を歪めるサトカの様子が気にかかり、イツキは不安げな表情を浮かべ、ただ分娩台の横で所在なく立ち尽くしていた。

「ほら、せっかくいらしてるんだから、手を握ってあげたり、奥様が暑がっているようだったら、うちわで扇《あお》いであげたりしてくださいね」

「は、はい……」

分娩室に入れば、ものの三十分ほどで出産を迎えるものだと思い込んでいたイツキにとって、そこからの二時間はまるで永遠かと思われるほど長い時間に感じられた。分娩室の壁に取りつけられた時計にいくら視線をやっても、その針は決して動くまいという頑なな意思が感じられるほど、進みが遅かった。

午前〇時を過ぎた。サトカの体力はいよいよ消耗しているはずだったが、その叫び声は一段と大きなものとなっていた。

「ううう……ぐあああああ」

まるで獣のようなサトカの咆哮《ほうこう》が分娩室に響き渡る。同時に、イツキの手のひらが力強く握り締められる。

「はい、そう、いきんでください」

米倉がすかさず声をかける。サトカは「うう……うう……」と、返事とも泣き声ともつかない、くぐもった声を漏らすばかりだった。

「うううううう……ああああああ」

ふたたびサトカがありったけの力で叫んだ。

「そうです、いきんで」

サトカを笑顔で励ます米倉の額にも、少しだけ汗がにじんでいる。

イッキは、なぜ自分がここにいるのかわからなかった。サトカと、医師と、助産師と。この部屋にいるすべての人間が、ひとつの命を生み出すために力を振り絞っている。無力なのは、自分だけだった。

ただでさえ出産時の男親は無力感に苛《さいな》まれるものだと聞いてはいた。だが、妊娠するにあたってもまるで戦力になれず、また出産にあたっても何の力にもなれていない自分は、ここにいる資格さえないのではないかと自己嫌悪に陥った。

「暑い……ふう……暑い……」

サトカのかぼそい声で、イッキは我に返った。あわてて右手に持ったうちわでサトカの上気した顔を扇ぎ、左手でストローの挿さったペットボトルを差し出した。

「うう……うう……ひい……ひいい」

「そう、いまのうちに呼吸を整えてくださいね」

米倉の的確な指示が飛ぶ。

「うううううう……ぐあああああ」

「そう、いきんで。ほら、あと少しですよ」

米倉のとなりに陣取る男性医師は、さかんに「あと少し」とサトカを励ましていたが、もうそのフレーズも十回目だった。いつになったら、その「あと少し」が訪れるのかと不満に思っていたところに、米倉の甲高い声が耳に届いた。

「ほら、もう頭が出てきた。あと少しですよ」

米倉の言う「あと少し」なら、不思議と信じられる気がした。

「サトカ、がんば……」

もう十分すぎるほどに頑張っている。いまさら、その言葉は必要ないと飲み込んだ。

「ふう……ふう……はあ……はあ……」

乱れる息遣いを耳にしながら、イツキはサトカの手のひらを握りしめた。すでに言葉を交わす余裕のないサトカは、その手を強く握り返すことでイツキに思いを伝えた。

「ああ……あああ……ぎゃあああああ……」

まるで断末魔の叫びを思わせるような絶叫が、分娩室に響いた。骨が砕けるかと思うほど、イツキの手が強く握られる。

「そう、そう、いきんで」

「上手よ、あと少し」

そのとき、一瞬の静寂が訪れた。その、直後だった。

「ふぎゃ、ふぎゃ、ふぎゃ、ふぎゃ」

サトカの足元から、命が誕生した証が聞こえてきた。その産声は鈴のように可憐《かれん》で、どこまでも澄んだ響きだった。

「サトカ!!」

大仕事をやってのけた最愛のパートナーの手をあらためて握りしめ、その顔を覗き込む。分娩台に横たわったまま目を閉じたサトカの目尻からは、ひと筋の涙が伝っていた。

闇夜に、光が生まれた――。

「元気な男の子ですよ」

米倉は取り出された光の血を拭い取り、体重を計測すると、その小さな体をサトカの胸の上に乗せた。

「わあ、あったかい……」

つい数分前まで獣のような雄叫びを上げていた女性とは思えないほど穏やかな表情で、サトカはみずからの胸で泣き声を上げるわが子を見つめていた。

その傍らで、イツキもまた涙を流していた。不安で、仕方なかった。

父になれるのか。

父だと思えるのか。

父だと思ってもらえるのか。

光り輝くわが子の顔を目にした瞬間、すべての不安が消え去った。

「光、お父さんだよ。会いたかった……」

愛する二人を包み込むように、イツキは分娩台に向かって両腕を伸ばした。

「ねえ、あれ……え、いつ？」

うっすらと目を開けたサトカが、怪訝な顔つきでイツキを見つめている。

「ん、何が？」

「ヒゲ……どうしちゃったの？」

イツキは照れくさそうな笑みを浮かべながら、いつものクセで数時間前に裸になったばかりのあごをなでてみせた。

「あ、うん……もう、俺には必要ないかなと思って」

あとがき

いまから十五年前の話だ。

「すいませーん、乙武さんですよね?」

車椅子で明治通りを走行していると、後ろから私を呼び止める声があり、振り返った。そこには二十代前半と思《おぼ》しきボーイッシュな女の子が立っていた。私が立ち止まったことを確認すると、彼女は意を決したように私へ質問をぶつけた。

「あの……乙武さんは手足を生やす手術をしようと思ったことはないんですか?」

それまで路上で見知らぬ人から話しかけられる経験は幾度となくあったが、いきなり「手足を生やす手術をしようと思ったことはないのか?」と聞かれたのは初めてのことだった。私が目を白黒させていると、彼女は慌てて釈明した。

「突然、すみません。自分は早稲田の大学院に通う杉山文野《ふみの》という者ですが、じつは自分は性同一性障害という境遇で、女性の肉体に生まれたけれど本来は男性だったはずだという感覚が拭えないんです。いずれ性転換手術を受けたいという思いもあるのですが、ただ『性転換』という言葉にどうも引っ掛かりがあって……」

当時はＬＧＢＴＱという言葉さえ普及していなかった時代。あまりに突然のことに混乱したが、目の前にいる「彼女」のことは、見た目にとらわれず「彼」だと認識したほうが良さそうだということだけはかろうじて理解ができた。

彼は続けた。

「友達からも、『文野はどうしてそこまで男性に変わりたいの？』と言われるのですが、『変わりたい』のではなく、あるべき姿に戻りたい、本来の男性の肉体を『取り戻したい』という感覚に近いんです。もし、人間としてのあるべき姿が手足がある状態だとするなら、乙武さんは『手足を取り戻したい』という感覚を抱いたことはなかったのか、一度お聞きしてみたかったんです」

これが私たちの出会いだった。以来、すっかり意気投合した私たちは飲み仲間となり、一緒に海外旅行に行くまでの仲となった。この十五年の間に、彼は乳房切除の手術を受け、男性ホルモンの投与を始めたことで、すっかり容姿が様変わりした。ヒゲをたくわえ、前頭部の生え際がずいぶん後退した様は、どこからどう見ても立派なオジサンだ。

念願だった「男性の容姿」を獲得した彼だが、悩みが尽きることはなかった。いくら見た目が男性になっても、戸籍上は女性のまま。法律の壁によって、長年交際するパートナーとは婚姻できない状態が続いていた。一昨年、ゲイの親友から精子提供を受け、パートナーとの間に子どもをもうけた。現在はひとつ屋根の下、家族として暮らしているが、法律上はパートナーとも、そして子どもとも赤の他人ということになる。

こうした社会の理不尽さは人々の無知と偏見からもたらされていると考える彼は、二〇一三年からNPO法人「東京レインボープライド」の共同代表理事となり、毎年ゴールデンウィークに開催される大規模パレードを運営している（二〇二〇年はコロナ禍のためオンラインで開催）。意見の食い違う当事者間の調整に忙殺され、批判の矢面に立ち、それでいながら収入にはなかなかつながらない。それでも彼が活動に情熱を注ぐのは、ひとえに社会の理不尽さに抗《あらが》うためだ。

パレードは年を重ねるごとに盛り上がりを見せ、二〇一九年には二〇万人もの参加者が会場となる代々木公園を訪れた。二〇一五年に渋谷区と世田谷区でスタートしたパートナーシップ制度はいまや全国に広がりつつある。ニュースでもLGBTQという言葉を聞くことはめずらしくなくなった。性的少数者と呼ばれる彼らの存在は、私たちにとってずいぶんと身近なものとなった。

だが、彼らの存在が身近に感じられるようになったことと、彼らが受けている社会的不利益が解消されたことを決して混同してはならない。それでは二十年前の失敗を、再び繰り返すことになってしまう。

一九九八年に出版された『五体不満足』によって、多くの健常者＝日本社会は「障害者の存在を身近に感じられるようになった」と感じた。だが、それだけで満足してしまい、障害者が抱える社会的課題に目を向けようとまではしなかった。そこで満足してしまったという意味では私もまた同罪で、人々の視線を課題に向けさせる努力を怠ってきたと非難されても甘受するしかない。

文野の視線は、より遠くに向いている。

「LGBTQのこと、アンテナを張ってくれている人には正しい情報が届けられるようになってきたと感じます。でも、まだまだその輪は小さい。より多くの人に届けていくには、やはりエンタメの力を借りるしかないのかなと思っているんです」

そんな相談をしてくれたのは、まさに彼が「父親」となる直前、一昨年の秋のことだ。

「僕が家族を持つまでの思いとか、実際にどんな壁があるのかとか、そういったことを小説に描けないかなと思ってるんです。ただ、僕がそれを書けるかと言うと……オトさん、代わりに書いてくれませんか」

彼の思いは、強く伝わってきた。そして、その考えも理解できた。確かに、私はこれまで三冊の小説を世に出してきたが、いずれも車椅子の青年が主人公。つまり、「私」を存分に投影させることのできる物語だった。だが、今回において、私は当事者ではない。「トランスジェンダーの物語」であり、「杉山文野の物語」なのだ。それは、私にとって大きな挑戦だった。

決して自信があったわけではない。それでも引き受けることにしたのは、同志であり、戦友でもある文野の思いに応えたいという気持ちと、そして二十年前の自分の至らなさに対する贖罪《しょくざい》という意味合いもあったかもしれない。

長い時間をかけて、何度も話を聞かせてもらった。友人として知っていたつもりでいたことが、決してすべてではなかったことを思い知らされた。彼の苦悩は、友人にもそう簡単には吐露できないほど複雑で、深いものだった。だからこそ、この苦悩と、社会の仕組みの理不尽さを世間に伝えなければとの思いがより強くなった。

物語により厚みを持たせるため、文野以外の当事者の方々にも取材をさせていただいた。当事者とひとくちに言っても、その思いは共通するものもあれば、個々によって事情が異なることもあるのだということも学ばせていただいた。また、執筆にあたっては株式会社コルクの佐渡島庸平氏に適宜アドバイスをいただいたおかげで、より読者の感情に訴えかける物語とすることができた。さらに書籍化にあたっては柏原航輔氏に多大なるご尽力をいただいた。両氏にも心から感謝申し上げる。

ちなみに、十五年前の路上で受けた質問に、私はこう答えた。

「俺は人間のあるべき姿が、手足がある状態だと思ってないんだ。太ってる人、背が低い人、そして手足がない人がいたっていい。だから、そういう手術を受けようと思ったことは、これまで一度もないかな」

その考えは、いまも変わっていない。ただひとつ、そこに加わった考えがある。身体だってどんなカタチでもいいし、家族だってどんなカタチでもいい。

二〇二〇年晩夏

乙武洋匡

ヒゲとナプキン

2020年10月28日 初版第一刷発行

著 者 乙武洋匡
原 案 杉山文野
発行者 飯田昌宏
発行所 株式会社小学館
〒101-8001 東京都千代田区一ツ橋2-3-1
編集 03-3230-5959 販売 03-5281-3555
DTP 株式会社昭和ブライト
印刷所 凸版印刷株式会社
製本所 株式会社若林製本工場

Printed in Japan ISBN978-4-09-386584-5